Vogelfrei Taschenbuch

verlag vogelfrei

Schauplätze des Geschehens:

Die Uniklinik in *Frankfurt*, eine bekannte Apfelweinkelterei in *Maintal-Bischofsheim*, ein Gasthof im gleichen Ort, ein rätselhafter Mord in einem Friseursalon in *Frankfurt-Höchst*, dubiose Geschäfte in der Gotenstraße, ebenfalls in *Höchst*, ein Haus in *Unterliederbach*, ein Wohnblock in *Sachsenhausen*, ein Kinderheim in der *Frankfurter Innenstadt*, ein Kleingartengelände in *Oberrad*, die Wohnung einer Zeugin in *Neu-Isenburg*, eine neu eröffnete Detektei in *Fechenheim* und nicht zu vergessen das Polizeipräsidium in *Frankfurt*.

Bisher sind sieben Bände der Karlo-Kölner-Reihe im Verlag Vogelfrei erschienen:

Karlo und der letzte Schnitt

Karlo und der zweite Koffer

Karlo und der grüne Drache

Karlo und das große Geld

Karlo geht von Bord

Geschenke für den Kommissar

Liebe, Tod und Apfelsekt

Sämtliche Bände sind auch als E-Book erhältlich

Der Autor

Peter Ripper, Jahrgang 1954, ist selbstständiger Werbefachmann, Gitarrist bei einer Frankfurter Rockband und begeisterter Motorradfahrer und Fotograf.

Er lebt in Langenbieber in der Rhön und in Frankfurt am Main.

36145 Hofbieber
Internet: www.vogelfrei-verlag.de

Umschlaggemälde: Sergej Kasakow · www.kasakow-kunstmalerei.de
Lektorat: Stefanie Reimann, Frankfurt am Main
Druck: Druckreif GmbH, Frankfurt am Main
Umschlaggestaltung: Peter Ripper
Satz: SLG Satz, Layout, Gestaltung, Frankfurt am Main, 0177/3098536
ISBN: 978-3-9812188-8-6
1. Auflage

Vorwort

Der Zufall ist der einzig wirkliche Herrscher des Universums. Diese Tatsache gilt auch für die zahlreichen kleinen, scheinbar selbsterschaffenen Welten, in denen wir leben. Denn vieles, das akribisch geplant wurde, entwickelt, obgleich gut durchdacht, eine gewisse Eigendynamik, in deren Strudel wir zu versinken drohen. Hat der Strudel uns erfasst, gilt es den Kampf aufzunehmen, um dem Zufall wieder die Richtung zu weisen.

Nun wissen wir aber: Bei einem Kampf verkompliziert sich alles durch die Anwesenheit eines Gegners. Nur wenn man wirklich der Stärkere ist, sollte man sich auf eine primitive Kraftprobe einlassen. Fühlt man sich kräftemäßig unterlegen, greift man besser auf das David-und-Goliath-Prinzip zurück.

Fehlt einem eine subtilere Waffe, wie beispielsweise Davids Schleuder, oder auch ein vergleichbares Instrument rein intellektueller Art, landen wir möglicherweise wieder beim Zufall.

Dass der Zufall bei der Aufklärung verzwickter Kriminalfälle eine große Rolle spielt, wird uns jeder Gerichtsmediziner und auch jeder Kriminalkommissar bestätigen. Das schmälert keineswegs die Leistung dieser Spezialisten. Denn dem Zufall überhaupt erst auf die Spur zu kommen, erfordert analytisches Denken, und nicht jeder, dem das

Schicksal etwas zufällig in den Schoß legt, ist in der Lage, den Wert dieses Geschenks zu erkennen.

Jemand, der mit Hingabe auf derartige Fügungen wartet, ist Karlo Kölner, geläuterter Ex-Knacki, Chaot, Lebenskünstler und Privatdetektiv in zumeist eigener Sache. Seine professionellen Kollegen von der Polizei schlagen zwar oft genug die Hände über dem Kopf zusammen ob seiner anarchistischen Methoden, dennoch profitieren sie letztendlich nur allzu gerne von den Ergebnissen der Kölner'schen Zufallsermittlungen.

Vielleicht ist in der folgenden Geschichte der Zufall aber auch eher eine gut gespielte Marionette in den Händen des begabten Chaosdirektors Karlo Kölner.

Wer weiß das schon?

Nun, vielleicht ja Sie, die Leserin oder der Leser – nach der Lektüre der folgenden Geschichte.

Universitätsklinikum Frankfurt,
ungefähr fünfzig Jahre zuvor

Prolog

Schwester Gretel war aufgeregt. Sie hegte Zweifel, ob es richtig war, auf was sie sich eingelassen hatte. Vielleicht hatte sie doch nicht genug getan, um Elli umzustimmen. Nein, ihr war alles andere als wohl bei dem Gedanken, was heute Nacht geschehen würde. Aber sie hatte es versprochen, und ein Versprechen war ihr heilig. Zumal es ein Versprechen an die beste Freundin war. Eine Freundschaft, die schon einige Jahre Bestand hatte, obwohl Elli um einiges jünger war. Ob das Verhältnis zu ihrer Freundin jemals wieder das gleiche sein würde wie vorher, bezweifelte Gretel in diesem Moment.

Sie schaute nervös auf die Uhr. Kurz nach Mitternacht. Elli hatte sich gegen halb eins angekündigt. Es war vereinbart worden, dass sie den Korb in einiger Entfernung hinter der Hecke abstellen sollte. Ein zufälliger Beobachter würde sie dort nur schwer bemerken.

Es war Schwester Gretel ein Rätsel, wie ihre Freundin die Schwangerschaft hatte geheimhalten können. Sie war sehr geschickt vorgegangen. Genauso durchtrieben, wie sie ihre zahlreichen Liebschaften plante, genauso ausgekocht hatte sie alle getäuscht, als es galt, ihren pikanten Zustand zu verbergen. Elli war zu diesem Zeitpunkt siebzehn, wirkte aber gut drei bis vier Jahre älter.

Nach einer Weile schaute Schwester Gretel wieder auf die

Uhr. Fünf vor halb eins. Sie rieb die feuchten Handflächen an ihrem Kittel ab und lief die Treppe hinunter. Aufgeregt fingerte sie das Zigarettenpäckchen aus der Tasche ihres weißen Kittels. Eigentlich verabscheute sie das Rauchen, sie arbeitete jedoch noch nicht lange hier und deshalb kannte noch niemand ihre Gewohnheiten. Sie brauchte einen Grund, sich um diese Zeit außerhalb des Krankenhausgebäudes aufhalten zu können. Mit einer nächtlichen Zigarette wäre das elegant erklärt. Niemand würde weiter nachfragen.

Das rotweiße Päckchen mit der Aufschrift *Peer 100* hatte sie zu Hause vom Wohnzimmertisch genommen. Es befanden sich nur noch zwei der ungeliebten Glimmstängel darin, und sie hoffte sehr, ihrem Partner werde es nicht auffallen.

Gretel sah sich noch einmal um. Sie winkte dem Pförtner, der ihr freundlich zunickte, trat aus dem Haupteingang, klopfte die vorletzte Zigarette ungeschickt aus der Packung und steckte sie in den Mund. Es brauchte alle vier Streichhölzer, die noch in der Schachtel waren, bis sie den ersten Zug tun konnte. Augenblicklich begann sie zu husten. Sie würde nie begreifen, was die Menschen an diesen grässlichen Sargnägeln fanden.

„Einmal ist keinmal“, murmelte sie tapfer.

Da hörte sie das Wimmern. Es kam aus Richtung der flachen Hecke, die fünfzig Meter links des Haupteingangs wuchs. Sie stand einen Moment still und lauschte. Es dauerte nicht lange, dann entfernten sich Schritte. Erst langsam, heimlich und verstohlen, dann immer schneller, lauter und ungehemmter, bis sie endlich in einem verzweifelten Stakkato wieder leiser wurden und in der Dunkelheit verklangen.

Das Wimmern dagegen wurde lauter und intensiver und

mündete bald in ein jämmerliches Geschrei. Schwester Gretel fühlte sich wie gelähmt, doch schließlich löste sie sich aus der Erstarrung. Zögerlich lief sie los. Ihr Mund fühlte sich trocken an, das Schlucken tat ihr fast weh. Erneut musste sie husten. Kurz vor der Hecke warf sie die Zigarette vor sich auf den Boden und trat sie aus. Sie umrundete die Hecke. Das Schreien war inzwischen wieder zu einem leisen Wimmern geworden. Gretel starrte in die Dunkelheit und erkannte einen Karton. Kalte Wut erfasste sie. Nicht einmal ein hübsches Körbchen hatte Elli erübrigt. Mehr als ein billiger Karton war ihr das Kind wohl nicht wert. Ein tiefer Seufzer entfuhr ihr, als sie den Karton behutsam emporhob. Sie umschlang ihn mit beiden Armen und drückte ihn fest an die Brust. Dann lief sie zurück. Im Licht des Haupteingangs sah sie das Amulett am Hals des neugeborenen Kindes. Ein kleiner silberner Apfel, der an einem ebenfalls silbernen Kettchen hing. Das feine Scharnier am oberen Rand verriet, dass man es aufklappen konnte, um einen passenden Gegenstand darin aufzubewahren.

Sie betrachtete das kleine runde, etwas runzlige Gesicht des Kindes, sah die winzigen Fingerchen, die nach ihr griffen, und unwillkürlich füllten sich ihre Augen mit Tränen.

Als sie am Empfang vorbeieilte, ignorierte sie die neugierigen Blicke des Pförtners. Eilig erklomm sie die Treppe und erreichte schließlich ihre Station. Sie stellte den Karton auf einem Tisch ab. Dann besah sie sich das Amulett. Nach einem kurzen Zögern öffnete sie es. Sie wusste nicht, was sie erwartet hatte, war aber enttäuscht, als sie die blonde Haarsträhne sah.

„Nicht sehr originell“, dachte sie bekümmert. Doch immerhin hatte die Mutter ihrem ungeliebten Kind noch etwas Persönliches mitgegeben. Was Gretel für den Moment einerseits versöhnte, andererseits noch einmal an die gerissene Art ihrer Freundin erinnerte. Trotz ihrer Jugend wusste Elli virtuos auf der Klaviatur der Symbolik zu spielen.

Und es gab da tatsächlich etwas wie ein Spiel, das sie bevorzugt spielte: Hatte sie einen bestimmten Mann ins Auge gefasst, und das kam nicht selten vor, pflegte sie ihm einen Apfel zu überreichen, in lästerlicher Anspielung auf das biblische Motiv der Verführung von Adam durch Eva. Das Ganze geschah in der Regel öffentlich, meist in einer Gaststätte, in der man sich mit der Clique traf, um zu tanzen und zu trinken. Die jungen Männer waren sich nicht zu schade, Schlange zu stehen nach diesen Äpfeln. Es war ein beliebtes Spiel bei den Jungs geworden, Wetten darüber abzuschließen, wer der Nächste sei, der die Gunst des Apfels gewährt bekäme.

Nun war Elli keine wirkliche Schönheit. Aber sie hatte etwas Magisches, eine Art dämonische Verdorbenheit, der die Herren der Schöpfung reihenweise erlagen. Schwester Gretel konnte einen gewissen Neid nicht verhehlen, obwohl sie eigentlich die Hübschere der beiden war. Dennoch bewunderte sie die lockere Weise, mit der Elli alle an der Nase herumführte und es trotzdem schaffte, dass ihr keiner ernsthaft böse sein konnte.

Doch was nun geschah, hatte eine andere Dimension. Das hier war kein Spiel mehr.

Das Baby war mittlerweile still und schlief. Mitfühlend strich sie ihm durch die noch spärlichen Löckchen. Ein paar der feinen Härchen blieben zwischen ihren Fingern hängen. Ohne zu überlegen rollte sie die Haare zwischen den Fingern zusammen und legte sie behutsam in die leere Streichholzschachtel. Sie verschloss die Packung wieder und steckte sie in ihre Tasche.

Dann rief sie den Stationsarzt.

Die Freundschaft der beiden jungen Frauen war nach dieser Begebenheit erloschen. Gescheitert an dem Schweigen, an der Unfähigkeit, über das Geschehene zu reden. Eine unsichtbare Mauer, eine Mauer des gezielten Vergessens, schien sie fortan zu trennen.

In welches Waisenhaus oder Kinderheim das Neugeborene gebracht wurde, hatte Schwester Gretel nicht gesagt bekommen.

Sie hatte auch nicht danach gefragt.

In den ersten Jahren bedauerte sie, dass sie sich nicht wenigstens vergewissert hatte: War es ein Mädchen oder ein Junge?

Frankfurt-Fechenheim,
Birsteiner Straße
Ende September

1

Dass Georg Gehring ein zufriedener Mann war, hatte in erster Linie mit seiner Frau Martina zu tun. Dass Georg Gehring manchmal auch ein unzufriedener Mann war, stand ebenfalls im direkten Zusammenhang mit seiner Frau.

Nein, seine Frau hatte sich nichts zuschulden kommen lassen. Keineswegs. Und auch über den Zustand der handelsüblichen ehelichen Disziplinen konnte sich der ehemalige Hauptkommissar der Frankfurter Kriminalpolizei nicht beklagen.

Allerdings hatte seine Frau vor einiger Zeit eine Erbschaft gemacht. Eine ansehnliche Erbschaft. Sie bestand aus ihrem Elternhaus, schuldenfrei, und einer stattlichen Summe Bargeld, die den Gehrings nun ein sorgenfreies und in Maßen komfortables Privatisieren erlaubte.

Doch genau das war der Punkt. Martina hatte ihren Mann vor einiger Zeit überzeugen können, seinen Job an den Nagel zu hängen. Nicht aus Eigennutz, nein, ganz im Gegenteil. Sie hatte schon länger bemerkt, dass ihr Mann die nötige Distanz zu krimineller Gewalt, sinnentleertem Töten aus reiner Habgier oder falsch verstandener Liebe immer schlechter halten konnte. Er war bestimmt nicht zimperlich, und er hatte seinen Beruf auch gerne ausgeübt, weil er einen wirklichen Sinn darin fand, Verbrechen aufzuklären. Je länger er allerdings bei der Polizei arbeitete, desto gravierender beschädigten die oftmals brutalen Begleitumstände seinen Seelenfrieden.

Doch Georg Gehring liebte Rätsel. Und zwar vor allem Rätsel, die das Leben schrieb. Der lockere Kontakt, den er mit seinem langjährigen Mitarbeiter Harald Reichard unterhielt, machte es nicht besser. Und so schob Gehring, je nachdem was der Tag für ihn bereithielt, immer mal wieder eine gewisse Unzufriedenheit vor sich her, die er selbst nicht genau erklären konnte. Die aus dem eigentlich schönen und beschaulichen, aber eben unspektakulären Leben erwuchs. Da halfen keine Flugreisen in exotische Länder. Da half auch weder das unorthodoxe Kreuzworträtsel des Magazins der *Süddeutschen* noch das große Neujahrsrätsel der *Frankfurter Allgemeinen Sonntagszeitung*. Bei dem er im Übrigen noch nie etwas gewonnen hatte.

Und genau hier kam wieder Martina Gehring ins Spiel. Sie hatte die traurigen Phasen ihres Mannes schon länger mit Sorge beobachtet. Martina Gehring war eine kluge Frau, deshalb verzichtete sie auf eheübliches Geplänkel wie: *„Was hast Du denn?“ – „Nichts.“ – „Du hast doch etwas!“ – „Nein, wirklich nicht“* und so weiter und so fort, aus dem sich der angestaute Frust irgendwann zu einem handfesten Streit entwickelte. Sie liebte ihren Mann sehr.

Deshalb kam der Vorschlag von ihr. Gehring war völlig unvorbereitet gewesen. Als sie ihm ihre Idee unterbreitete, hatte er sie überrascht angeschaut. Er hatte ihr danach lange und liebevoll in die Augen geschaut und sie dann in den Arm genommen. Dabei waren ihm tatsächlich die Augen feucht geworden. Gehring hatte gar nicht erst versucht, die

Idee infrage zu stellen, hatte nur „Danke. Danke, Martina“ gemurmelt und sie geküsst. Ein angemessen langer Kuss war es geworden.

Deshalb stand er nun um halb zehn am Vormittag vor der niedrigen Tür zum Vorgarten und betrachtete versonnen das Messingschildchen, das neben der Klingel befestigt war:

Georg Gehring
Private Ermittlungen

„Du brauchst ja nicht irgendwelchen untreuen Ehemännern hinterherzulaufen“, hatte sie noch scherzhaft und ein klein wenig spöttisch hinzugefügt, als sie nach dem ausgedehnten Kuss wieder bei Atem war.

„Und was ist mit den untreuen Frauen?“, hatte er spitzbübisch nachgefragt, was ihm einen schmerzhaften Kniff in den Oberarm eingebracht hatte.

Vor zwei Wochen hatte Gehring daher in mehreren regionalen Zeitungen ein kleines Inserat abdrucken lassen, in dem er in sachlichem Jargon seine Dienste offerierte. Auch im Telefonbuch war ein entsprechender Eintrag veranlasst worden. Bislang war allerdings nicht eine einzige Anfrage eingegangen.

Er war an diesem Morgen eigentlich nur der Tageszeitung wegen zum Briefkasten gegangen, hatte dann aber doch noch einmal nachdenklich sein Firmenschild betrachtet. Leise Zweifel kamen ihm, ob denn tatsächlich jemand seine Dienste benötigen würde. Aber zwei Wochen waren keine Zeit, sagte er sich. Er würde einfach abwarten.

Gehring wollte schon zurück ins Haus gehen, als er den Wagen sah. Ein weißer Mercedes-Sportwagen kam langsam aus Richtung des Heinrich-Kraft-Parks herangefahren. Das Verdeck des Cabrios war geschlossen, klar, es war nicht mehr besonders warm zu dieser Jahreszeit. Als der Wagen direkt vor seinem Haus hielt, erkannte er das Modell. Ein Mercedes-Benz 230 SL *Pagode*, Baujahr Mitte der Sechzigerjahre, letztes Jahrhundert. Er lächelte. Letztes Jahrhundert – wie seltsam das klang. Alle wichtigen Sachen kamen aus dem letzen Jahrhundert. Auch seine Frau, fiel ihm ein, und wieder musste er lächeln.

Der Motor wurde ausgeschaltet, und Gehring sah die roten Lederpolster, aus denen sich eine Frau löste.

Ein durchaus bemerkenswertes Auto.

Eine durchaus merkwürdige Frau.

Sie wirkte etwas, nun ja, überschminkt. Auch ihre Kleidung entsprach nicht dem altersgemäßen Dresscode. Gehring bemerkte den etwas zu kurzen Rock des pinkfarbenen Kostüms, die etwas zu hohen Schuhe und die sorgfältig frisierten, aber etwas zu strohigen Haare. Gehring schätzte, die Dame habe eine gute Handvoll Jahre mehr auf dem Buckel als ihr wesentlich besser restauriertes Gefährt.

„Sie müssen Herr Gehring sein."

Die Frau kam zielstrebig auf ihn zu.

„In der Tat. Der bin ich. Kann ich Ihnen helfen?"

Die Frau schaute sich prüfend um.

„Können Sie. Aber vielleicht sollten wir besser reingehen. Ich möchte Sie in einer etwas delikaten Angelegenheit konsultieren."

Die erste Kundin!

Stolz führte Gehring die Frau ins Haus. Er war gespannt, wie die Dame auf das Ambiente seiner neu gestalteten Wirkungsstätte reagieren würde. Immerhin hatte ihn eine gehörige Portion Selbstironie beim Einrichten seines Büros beflügelt. Mit einer diebischen Freude hatte der ehemalige Kommissar sein Büro hergerichtet. Ein Fan von Raymond Chandler wäre hellauf begeistert gewesen. Es stimmte fast alles – von der Metall-Jalousie über den verschrammten Schreibtisch bis hin zum riesigen Ventilator unter der Decke. Nur die alte Schreibmaschine war durch einen zeitgemäßen Verwandten ersetzt worden. Ein Laptop mit Internetanschluss stand stattdessen vor dem frischgebackenen Privatdetektiv.

Während er seine Klientin zum Büro ins Obergeschoss geleitete, erinnerte er sich grinsend an die erste Amtshandlung in seinem frisch eingerichteten Büro. Sie hatte darin bestanden, dass er sich – obwohl er nicht rauchte – eine Zigarette angezündet hatte. Dann hatte er sich einen Whisky eingeschenkt, sich auf seinen hölzernen Drehsessel gesetzt und lässig die Füße auf den Schreibtisch gelegt.

Seine Frau hatte plötzlich wie angewurzelt vor dem Schreibtisch gestanden und ein ungläubiges Gesicht gemacht. Doch schnell hatte sie verstanden und das Spiel mitgespielt. Seitlings auf dem Tisch sitzend, hatte sie sich die Zigaretten gegriffen und sich ebenfalls eine angezündet. Ihre Stimme war eine Spur tiefer geworden, ihr raues Timbre und der laszive Blick seiner Frau hatten Gehring eine wohlige Gänsehaut beschert: „Mir wurde gesagt, Sie seien der Beste. Schätze, Sie sind der Einzige, der mir helfen kann.“

Dann waren die beiden in schallendes Gelächter ausgebrochen.

Was Gehring nun hörte, fand er nicht zum Lachen. Keinesfalls wollte er in irgendwelchen Beziehungskisten kramen.

Genau das hatte er sich fest vorgenommen. Er hob abwehrend die Hände.

„Wissen Sie, Frau …"

„Von der Schupflohe. Marie-Eleonore von der Schupflohe. Nicht leicht zu merken, ich weiß. Aber wenn man es einmal drin hat, vergisst man es kaum wieder, nicht wahr?"

„Ja. Natürlich", begann Gehring von Neuem. „Wissen Sie, ich bearbeite grundsätzlich keine Beziehungsprobleme. Verzeihen Sie, wenn ich das so sage, aber ich möchte den Menschen helfen, nicht ihre schmutzige Wäsche waschen."

„Aber nein. Sie haben das missverstanden. Wo denken Sie hin? Sie sollen nicht herauskriegen, ob Walter Frauengeschichten pflegt." Sie lachte ein kleines, bösartiges Lachen. „Das ist mir egal. Nein. Ich habe manchmal das Gefühl, dass etwas nicht stimmt mit ihm." Sie ließ eine Pause und beobachtete Gehring.

„Etwas nicht stimmt?"

„Ja. Wissen Sie, manchmal habe ich den Eindruck, er ist in irgendwelche", sie machte eine Pause und kniff die Lippen zusammen, „in irgendwelche kriminellen oder wenigstens dubiosen Sachen verwickelt. Wenn das so ist, möchte ich das wissen."

Gehrings Interesse regte sich. Ein wenig nur, aber es erwachte. „Und was erwarten Sie von mir?"

„Ich will wissen, was er tut, wenn er nicht bei mir ist. Wie gesagt – Frauengeschichten spielen keine Rolle. Ich will wissen, ob ich ihm in den *wichtigen* Dingen trauen kann. Macht er kriminelle Sachen und vor allem: Wo kommt er her? Stimmt die Geschichte, die er erzählt hat?"

„Was hat er denn erzählt?"

„Das brauchen Sie nicht zu wissen. Das würde nur Ihre

Arbeit belasten. Fangen Sie einfach bei null an. Ich will wissen, was er *nicht* erzählt hat."

Das hatte etwas für sich. Gehring glaubte zu verstehen. Trotzdem hakte er nach.

„Immerhin brauche ich die eine oder andere Information von Ihnen. Und über das Finanzielle ..."

„Geld spielt keine Rolle", unterbrach sie ihn. „Was verlangen Sie?"

„Äh – dreihundert am Tag plus Spesen." Das klang doch schon mal wie Philip Marlowe.

Abgesehen von diesem „Äh".

Frankfurt-Fechenheim,
Birsteiner Straße

2

Wenn Georg Gehring in sich hineinhorchte, musste er zugeben, dass seine Frau genau richtig gelegen hatte. Sie hatte erkannt, was ihm fehlte.

Er hatte wieder einen Fall. Nun ja, eher einen Auftrag, es gab ja kein Verbrechen aufzuklären. Doch immerhin.

Schon Tage zuvor hatte er, noch ohne Auftrag, gedacht, sein neues Hobby – oder wie immer man es bezeichnen mochte – müsse entsprechend gewürdigt werden. Und so war er auf die Idee gekommen, alle seine Freunde einzuladen und ein wenig zu feiern. Er berichtete Martina von seinem Ansinnen, bewaffnete sich mit Schreibblock und Kugelschreiber, setzte sich an seinen Schreibtisch und wollte mit der Liste beginnen.

Es dauerte eine geraume Zeit, bis es ihm auffiel. Dann war die Erkenntnis aber umso deprimierender: Es wollte ihm einfach niemand einfallen. Gehring war verwirrt, ein leichter Schweißfilm bildete sich auf seiner Stirn. Das konnte einfach nicht sein. Er hatte doch jede Menge Freunde.

Oder etwa nicht?

Und langsam, ganz langsam dämmerte es ihm. *Das* war einer der Gründe, warum Martina ihm behutsam nähergebracht hatte, seinen Beruf aufzugeben. Dieser Beruf hatte weniger ihn als vielmehr sein gesamtes Umfeld aufgefressen.

Er überlegte angestrengt. Wann hätte er auch Zeit haben sollen, seine Freundschaften zu pflegen? Geschweige denn, neue zu schließen? Nichts gegen seinen ehemaligen Kollegen Harald Reichard, mit dem er sich mittlerweile duzte. Aber das war bislang nur ein Arbeitskollege. Vielleicht wurde irgendwann eine Freundschaft daraus.

Er gab sich einen Ruck und schrieb den Namen seines Kollegen ganz oben auf die Liste. Nach einer Weile setzte er die Namen der Nachbarn, Maria und Klaus Westreich, darunter. Dann herrschte wieder Leere in seinem Kopf. Nach einer Weile stand seine Frau vor ihm.

„Na? Wie sieht's aus? Wie viele Gäste hast du?"

„Ganz schön witzig", rutschte es ihm giftig heraus. Sofort schämte er sich für seinen Ton. Er stand auf und begann, langsam in seinem Büro auf und ab zu laufen. „Entschuldige bitte, Martina. Aber ich glaube, ich habe ein kleines Problem."

„Ein Problem?"

Gehring berichtete seiner Frau von den Schwierigkeiten, die ihn plagten. Sie ließ es sich nicht anmerken, doch einen Verdacht in diese Richtung hatte sie schon gehabt. Trotzdem setzte sie ein unbekümmertes Gesicht auf.

„Ist doch ganz einfach. Gut, im Moment ist unser Freundeskreis nicht riesengroß. Aber das kann sich ja ändern. Lade doch einfach die Menschen ein, mit denen du die letzten Jahre viel zu tun hattest. Manche davon sind doch fast schon Freunde."

Georg Gehring machte große Augen. Sein logisches Denken machte gerade Mittagspause. Martina sah ihn beschwörend an. Sie wollte, dass er selbst darauf kam.

„Na? Mensch, Georg!"

„Du meinst ...“

„Warum denn nicht?“

Gehring schrieb: *Wolfhard Kuhl.* Kuhl, Kassenwart eines Motorradclubs, der in den Oberräder Gärten sein Clubheim hatte. Kein Rockerclub, nein, ganz normale Leute, die gerne Motorrad fahren. Beruflich leitete der schwergewichtige Kuhl die Personalabteilung eines Wohlfahrtsverbands. Kuhls Frau *Kristin,* die Krankenschwester am Stadtkrankenhaus in Offenbach war, und der gemeinsame Sohn *Gerri.*

Dann zögerte er. Seine Frau war hinter ihn getreten und hatte ihn an die Schulter gefasst. „Das wäre schon mal ein Anfang“, lobte sie.

Gehring atmete tief durch. Dann gab er sich einen Ruck und schrieb: *Karlo Kölner.* Kommentar überflüssig. Dessen Freundin, *Jeannette Müller.* Wenn die beiden gerade mal wieder zusammen sein sollten. *Karl Einser.* Der Hundeführer bei der Frankfurter Polizei mit dem Eindruck gebietenden Äußeren. Ebenfalls Mitglied im Club. Der bei etlichen Fällen eine im doppelten Sinne gewichtige Rolle gespielt hatte. Wenn auch eher außerdienstlich und scharf am Rande der Legalität. *Jochen Schwarz,* der Traktorfan aus Hammersbach nebst Gattin *Frauke.* Dann noch *Herbert Reinfeld,* der Mann mit dem metallverarbeitenden Betrieb in Dietzenbach, seines Zeichens Fahrer einer Moto Guzzi California. Und sporadischer Arbeitgeber Karlo Kölners. Es landeten noch einige Namen auf der Liste, die alle mehr oder weniger mit Gehrings Ermittlungen der vergangenen Jahre zu tun hatten. Die teilweise sogar unter Verdacht geraten waren, andererseits aber auch einiges zur Aufklärung der Fälle hatten beitragen können. Und dann überfiel ihn die Erkenntnis: Der gemeinsame Nenner aller Personen auf der Liste war – Karlo

Kölner. Gehring seufzte tief, als er an die haarsträubenden Aktionen Kölners dachte. Aber was sollte das alles – er war ja kein Polizist mehr. Auf was also sollte er Rücksicht nehmen? Diese bunte Mischung unterschiedlichster Charaktere war in den letzten Jahren tiefer in sein Leben gesickert, als er es sich bislang eingestanden hatte.

Martina besah sich lächelnd die Liste. „Und wo willst du feiern?"

„Toni hat seine Pizzeria ja geschlossen. Leider. Sonst hätten wir das bei ihm gemacht."

„Bluesmühle?"

„Um Gottes willen!" Gehring dachte an die Kochkünste des dicken Wirtes Harry Weber. Der ranzige Geruch alten Hammelfetts waberte durch sein Bewusstsein, als er an das Irish Stew des korpulenten Kneipiers und selbsternannten Kochs dachte, mit denen er unbedarfte Gäste zu foltern pflegte. „Wir wollen doch auch was essen!"

„Wie wär's mit der Kastanie?"

Gehring hatte auch schon an das nette Restaurant im idyllischen Hof hinter dem bekannten Möbelgeschäft in Alt-Fechenheim gedacht. Immer mal wieder kehrte er dort ein, um die etwas ausgefallenen, kreativ zubereiteten Gerichte zu genießen. Doch diesmal wollte er bewusst etwas Neues probieren. „Nein", erwiderte er deshalb. „Ich habe da eine ganz andere Idee."

Bischofsheim,
Apfelweinkelterei Stier
Ein paar Tage später

3

Die illustre Runde war beinahe vollzählig. Gehring hatte zwei Großraumtaxen geordert, um zu vermeiden, dass jemand auf die Idee kam, sich alkoholisiert ans Steuer zu setzen. Eigentlich fehlte nur Jeannette Müller. Karlo Kölner hatte dem Gastgeber etwas kleinlaut von seiner unterbrochenen Beziehung zu Jeannette berichtet, die er liebend gerne an seiner Seite gehabt hätte. Nicht nur an diesem Abend.

In einer Kurzfassung beichtete er Georg Gehring die unersprießlichen Ereignisse, die zur Trennung von seiner Freundin geführt hatten.

Etliche Wochen waren vergangen, seitdem Jeannette auf einem Kurzurlaub in der Rhön ihren Karlo mit einem der Zimmermädchen des Hotels erwischt hatte. Wobei Karlo sich einbildete, dass Jeannette nicht ganz unschuldig an seinem Ausrutscher war. Außer sich vor Wut hatte sie ihn damals aus der Wohnung geworfen. Nun hauste er wieder gezwungenermaßen – wie schon so oft – in dem alten Gartenhäuschen in Oberrad, das seinen Freunden als Clubheim für ihren Motorradclub diente.

Beim letzten verzweifelten Versuch, seine Freundin umzustimmen, hatte sie ihn eiskalt vor ihrer Tür im Treppenhaus stehen lassen. Mitsamt des schönen Weins, den er mitgebracht hatte. Von dem er gedacht hatte, er könne der kleinen Versöhnungsfeier einen würdigen Rahmen verleihen. Dieser Wein war nach der ernüchternden Begebenheit – unter Mitwirkung einiger Flaschen Carolus Doppelbock – zum Auslöser eines gewaltigen Katers geworden. Fast so gewaltig wie der Katzenjammer, den Karlo wegen der unfreiwilligen Trennung von Jeannette nun ständig mit sich herumtrug. Der Körper baute Alkohol eben schneller ab als jene heimtückisch wirkende Chemie, die von dauerhaftem Liebeskummer hervorgebracht wurde. Karlo litt durch diesen Entzug an einer Art latentem Kater, der ihn nur schwer Ruhe finden ließ.

Gehring versicherte Karlo sein Mitgefühl und versprach, er drücke ihm fest die Daumen, auf dass alles bald wieder ins Lot käme. Dann begrüßte er nach und nach die anderen Gäste.

Gehring wollte seinen Gästen etwas Außergewöhnliches bieten. Er hatte die Gesellschaft in die Kelterei Stier nach Bischofsheim eingeladen. Seit einiger Zeit versorgte er sich dort mit leckerem Apfelwein. Bei dieser Gelegenheit hatte er sich mit dem Chef, Jörg Stier, ein wenig angefreundet. Stier selbst hatte sich bereit erklärt, zur Einstimmung auf die Feier eine Führung durch die Kelterei zu machen. Danach sollte es vor Ort noch eine kleine Vorspeise geben, die Stier pfiffig als „Hessische Tapas“ angekündigt hatte. Hinterher würde man in den Landgasthof *Alt Bischofsheim* im Fechenheimer Weg wechseln.

Der Wirt des Landgasthofs, Gerhard Dressler, ein guter Bekannter Stiers, führte die Wirtschaft zusammen mit seiner Frau. Er selbst hatte die Vorspeisen zubereitet und in der Kelterei vorbeigebracht.

Zuerst hatte Stier die Gäste begrüßt. „Ich wünsche Ihnen einen schönen Abend", hatte er begonnen und Dressler dabei freundschaftlich den Arm um die Schultern gelegt. „Das hier ist mein Apfellieferant Gerhard Dressler. Er hat Ihnen aus seiner Landgasthofküche eine leckere Vorspeise mitgebracht. Probieren Sie in aller Ruhe, er hat sich extra große Mühe für Sie gemacht. Und genießen Sie vor allem meinen *Äppler*", setzte er verschmitzt hinzu.

Dressler schaute Stier an und klopfte ihm auf den Rücken. „Lauschen Sie natürlich auch unserem genialen Dampfplauderer Jörg Stier", übernahm er gutgelaunt das Wort. „Er wird Ihnen jetzt Wissenswertes rund um den Apfel und den Apfelwein verraten. Danach gehen wir in meinen Landgasthof *Alt Bischofsheim,* wo wir einen Raum extra für Sie reserviert haben." Dann entschuldigte er sich: „Und jetzt muss ich etwas ganz Wichtiges erledigen. Auf meinem Anhänger liegen einige Zentner Äpfel von meinen Streuobstwiesen. Die müssen jetzt noch abgeladen werden. Unser großer Meister macht nämlich daraus seinen köstlichen Apfelwein."

Er winkte Georg Gehring zu sich, dann wandte er sich wieder an die Zuhörer. „Nun aber die Hauptsache: Ich soll Ihnen noch sagen, dass Ihr Gastgeber, Herr Gehring, eine wichtige Neuigkeit zu verkünden hat."

Ein wenig aufgeregt war Georg Gehring schon, als er begann, von seinem neuen Betätigungsfeld zu berichten.

Einige seiner Freunde und Bekannten hatten insgeheim schon damit gerechnet, und so hörte man im Wesentlichen beifälliges Gemurmel, als der ehemalige Kommissar mit seinem Bericht geendet hatte.

„Und ich habe tatsächlich auch schon meinen ersten Auftrag!", schickte er, ein wenig stolz, aber auch ein wenig verlegen, hinterher. Als Gehring geendet hatte, ergriff Stier wieder das Wort.

„So, liebe Gäste. Greifen Sie zu, und lassen Sie es sich schmecken. Und während Sie unsere paradiesischen Hessischen Tapas genießen, habe ich, dazu passend, noch eine kleine Geschichte aus dem Paradies für Sie." Er hob ein geripptes Apfelweinglas, nahm einen kleinen Schluck und begann.

„Wo könnte man mit einer Geschichte besser beginnen als am Anfang? In unserem Fall ganz am Anfang. Das ganze Durcheinander begann damit, dass Eva ihren Adam zum Apfelessen verführte. Das war – zumindest nach christlicher Überzeugung – ein Sündenfall, dem logischerweise die Vertreibung aus dem Paradies folgte. Die lateinische Übersetzung des Apfels deutet heute noch auf die Schuldfrucht hin: *malus,* also *böse, schlecht.*

Frühe Zeugnisse berichten, die beiden hätten gar keinen Apfel gegessen, sondern Trauben genascht. Dies entspricht der jüdischen Sichtweise. Wir halten uns lieber an das Altpersische, an die Sprache, aus der das Wort *Paradies* stammt – übersetzt: *der Apfelgarten.*"

Er ließ eine kleine Pause und schaute in die Runde. Dann veränderte er seinen Gesichtsausdruck und begann, in einem völlig veränderten Tonfall weiterzureden.

„Ei klar", verfiel Stier plötzlich in breiten Frankfurter Dialekt, „als ob der Appel schuld wär. Die ganz Geschicht mit dem Sündefall, also ich glaab, des is uns net richtig erzählt worde. *Dann Hochdeutsch:* Denn der Herr sprach: Von diesem Baume sollt ihr nicht essen. *Und wieder Frankfurterisch:* „Na, des war doch e klar Aufforderung!

Deshalb bin ich davon überzeugt, dass die zwei schon

ebbes gekeltert habbe. Odder wär des sonst e Paradies gewese, ohne Stöffche? Erst hinnerher hat sich doch des Fiasko angebahnt. Wo alles so schön in Ordnung war, hat die Eva dann angefange, an ihrem Adam rumzunörgele:

„Ei, Adam, musst du denn so viel trinke?"

„Naa, des mach ich freiwillig", wird er da geantwortet haben.

„Solang der Olwel weiter Schoppe bläst, statt sich um den Garte zu kümmern", wird sie sich hingegen gedacht habe, *„werde die Äppel halt gegesse!"*

Unn wie der Herr den Sündenfall bemerkt hat, ei, da is ihm die Hutschnur gerisse, und er hat die zwei hinausgeschmisse aus dem Paradies. Und deshalb habbe die Leut seither auch immer versucht, aus Äppel Woi zu mache – weil se dem Paradies nah sein wollte."

Wolfhard Kuhl kicherte albern und rieb sich mit der Linken das beachtliche Kaloriengrab, das sich oberhalb seines Hosengürtels wölbte. In der Rechten hielt er ein halb gefülltes *Geripptes.*

„Das Geschehen in der Bibel ist eben Auslegungssache", feixte er. Das hatte er schon gedacht, als er vor vielen Jahren aus der Kirche ausgetreten war. Nun stand er in der Apfelweinkathedrale zum heiligen Stier und hatte völlig unheilig einen sitzen. Erst als ihn seine Frau Kristin mit Nachdruck am Ärmel zupfte, bemerkte er, dass die anderen schon langsam nach draußen gingen, um sich in den Gasthof fahren zu lassen. Er trank sein Glas aus und stellte es ab. Dann folgte er seiner Frau mit leichtem Brummen.

Nach zwei Stunden rieben sich auch die übrigen Gäste den Bauch. Das Essen war hervorragend gewesen.

Georg Gehring schob sich gerade das letzte Stück Apfelstrudel in den Mund, als ihn jemand auf die Schulter tippte. Er drehte sich um und sah Karlo Kölner hinter sich stehen.

„Herr Gehring, darf ich Sie mal was fragen?“

„Was gibt’s denn, Herr Kölner?“, nuschelte Gehring, am letzten Bissen kauend.

„Ich will ja nicht neugierig sein, aber würden Sie mir verraten, welche Art Auftrag das ist? Ich meine, um was geht es da? Beziehungsgeschichten?“

„Du liebe Zeit, nein“, winkte Gehring ab. „So was binde ich mir nicht ans Bein. Das ist einfach nur eine Nachforschung über einen Mann. Was macht er, wo kommt er her, hat er was auf dem Kerbholz? So was in der Art. Eine Dame hat mich beauftragt, etwas über einen Bekannten herauszufinden.“

Karlo grinste. „Könnte alles sein, nicht wahr? Vielleicht ein völliger Langweiler, der ’ne Riesengeschichte um sein Vorleben spinnt, um sich interessant zu machen.“

„Oder einer, der sich völlig zahm gibt und eine böse Geschichte im Hintergrund verbirgt.“ Der Polizist in Gehring regte sich.

„Was wäre Ihnen denn lieber?“

Gehring schaute ins Nichts. „Keine Ahnung. Ich mache mir erst mal keine Gedanken. Lasse es einfach auf mich zukommen. Das wird wohl das Beste sein.“

Karlo schaute treuherzig. „Wenn Sie Hilfe brauchen, ich meine, Unterstützung, Sie wissen ja, wie Sie mich erreichen können.“

Gehring hielt die Luft an. Etwas in dieser Art hatte er befürchtet.

„Klar, Herr Kölner, weiß ich doch. Aber ich bin ja erst

ganz am Anfang“, relativierte er. „Lassen wir es doch erst einmal anlaufen.“

–

Gerhard Dressler war nach dem Abladen der Äpfel in den Gasthof zurückgekehrt, um seiner Frau bei der Vorbereitung für die Bewirtung der Gesellschaft zu helfen. Georg Gehring hatte keine Kosten gescheut, und Dressler freute sich über den großzügigen Kunden. Es gab aber etwas, das seine Gemütsverfassung seit längerer Zeit beeinträchtigte. Und nicht nur seine Stimmung war getrübt. Auch seine Frau Beate war nicht bester Laune. Seit ihr Schwiegervater gestorben war – der Tod des Vaters hatte ihren Mann ziemlich mitgenommen – hatte sich das Verhalten ihrer Schwiegermutter stark verändert. Dressler selbst war schon lange nicht sicher, ob seine Mutter ihrem Mann wirklich treu war. Es gab immer wieder versteckte Hinweise auf mögliche Liebschaften, denen Dressler und seine Frau lieber nicht nachgehen wollten. Dresslers Vater schien nichts bemerkt zu haben, und so ließ man es dabei, um keine schlafenden Hunde zu wecken.

Nachdem der Vater unter der Erde war, fing die mittlerweile ältere Dame an, ihr Liebesleben neu aufzustellen. Das hieß nicht, dass sie jemanden kennengelernt hatte, den sie liebte. Sie begann offensichtlich wahllos zahlreiche sexuelle Beziehungen zu pflegen. Es verhielt sich nicht so, dass Dressler und seine Frau der Witwe das nicht gönnten. Das Problem für Dressler war, dass diese Beziehungen in aller Freizügigkeit gelebt wurden, und dass sich oft genug der eine oder andere Gast mit den eindeutigen Avancen seiner

Mutter konfrontiert sah. Und das schadete der Gaststätte. Es hatte einige erregte Diskussionen gegeben, und seine Mutter hatte ihm schon öffentlich und in einiger Lautstärke an den Kopf geworfen, sie werde ihn enterben, wenn er versuche, sie in ihrer Freiheit einzuschränken.

Seit ein paar Monaten war es ruhiger geworden. Sie hatte einen Mann gefunden, der ihr wohl besonders gut gefiel. Er war zwar um einiges jünger, sollte er jedoch in der Lage sein, glättendes Öl auf die Wogen der promiskuitiven Neigungen seiner Mutter zu gießen, war es Dressler recht. Eingeschränkt war dieses Einverständnis durch die starke Vermutung, dass irgendetwas nicht stimmte mit diesem Mann. Der neue Lebensgefährte mied den Kontakt zu Dressler und seiner Frau, so gut er es konnte. Gerhard Dressler betrachtete diese Beziehung deshalb überaus argwöhnisch. Er misstraute diesem Mann und war sicher, allen Grund dafür zu haben, obwohl er nicht viel über ihn wusste. Oder gerade deshalb.

Was Gerhard Dressler aber auch nicht wusste: Schon längere Zeit hegte seine Frau einen bestimmten Verdacht. Sie erwog zuerst, mit ihrem Mann darüber zu sprechen. Dann dachte sie an den Wutanfall, den er bekommen könnte, sollte sie recht behalten. Nein, bestimmt war es besser, nichts zu sagen. Und sich einfach Gewissheit zu verschaffen. Was sie dann auch gemacht hatte.

Als sie die Wahrheit kannte, brauchte sie vierundzwanzig Stunden, bis ihr klar wurde, was zu tun war.

–

Gehring hatte sich an diesem Abend den Alkohol verkniffen. Es war trotzdem eine lustige Runde gewesen und der ehemalige Kommissar hatte viel Spaß gehabt. Dass er mit dem eigenen Auto gekommen war, hatte einen ganz bestimmten Grund. Als sich die Gesellschaft auflöste, nahm er Harald Reichard auf die Seite. Der Ex-Kollege wirkte auch noch einigermaßen nüchtern, was Gehring in diesem Moment ganz recht war.

„Sag mal, Harald – soll ich dich mitnehmen? Ich fahre dich heim, dann müssen die Taxifahrer nicht den ganzen Umweg machen. Die meisten meiner Gäste wohnen hier in der Nähe."

Zuerst schien dieser Service Reichard unangenehm zu sein. Er wollte seinem ehemaligen Chef keine Ungelegenheiten bereiten. Doch auf Gehrings wiederholtes Drängen stimmte er schließlich zu. „Wenn dir das wirklich nichts ausmacht, gut. Dann können wir ein wenig über die alten Zeiten plaudern."

Gehring hatte noch auf die Taxen gewartet und seine Gäste verabschiedet. Er und Reichard waren deshalb die Letzten, die den Gasthof verließen.

„Wo ist eigentlich deine Frau geblieben?", wunderte sich Reichard, als sie in Gehrings Wagen stiegen.

„Martina? Die ist mit den anderen im Taxi mitgefahren. Sie war wohl ziemlich müde und wollte nach Hause."

Bis zur Ampel vor der Fähre nach Rumpenheim herrschte Schweigen zwischen den beiden Ex-Kollegen. Gehring wusste nicht so recht, wie er anfangen sollte. Als er an der Ampel hielt, brach Reichard das Schweigen. Ein leichter Argwohn in der Stimme des Kommissars war nicht zu überhören.

„Um was geht's hier eigentlich, Chef?"

„Ich heiße Georg! Bitte lass das endlich mit dem dauernden ‚Chef'!"

„Also gut, dann eben Georg. Geht in Ordnung, Chef. Es hat doch einen Grund, dass du mich fährst. Sag schon, was du willst?“

„Respekt, Harald, du machst dich“, versetzte Gehring anerkennend. „Ja, du hast recht, ich hätte da wirklich was. Es ist nur, na ja, könntest du vielleicht was rausfinden für mich?“

Reichard guckte fragend.

„Rausfinden?“

„Der Auftrag, von dem ich vorhin erzählt habe. Es geht um einen Mann, einen Bekannten meiner Auftraggeberin. Kannst du nachschauen, ob der schon mal Kunde war? Oder ob aktuell etwas gegen ihn vorliegt?“

„Also, Georg, wirklich!“ Reichard war der personifizierte Vorwurf. „Du weißt, dass ich das nicht darf. Wenn ich damals, als du noch mein Chef warst ...“

„Ja, schon klar. Ich hatte nur gedacht – aber du hast ja recht. Ich will bestimmt nicht, dass du Schwierigkeiten kriegst. Vergiss es einfach.“

Gehring musste seine Enttäuschung nicht spielen. Reichard grinste breit und boxte Gehring gegen den Oberarm.

„Ach, Georg, ist doch Quatsch. Jetzt sei nicht gleich eingeschnappt. Das war ein Spaß. Um wen handelt es sich? Wie heißt der Typ?

„Walter Sarstedt.“

„Alles klar, Chef. Ich schau, was ich machen kann. Walter Sarstedt, sagst du? Wie schreibt sich das?“

„Du sollst das mit dem Chef lassen, verdammt!“, versetzte Gehring grimmig. Dann buchstabierte er den Namen. „Walter ohne ‚h‘ und Sarstedt mit ‚dt‘ am Ende“, schob er noch zur Sicherheit nach.

„Alles klar, Chef. Aber wenn ich selbst mal jemand brauche, ich meine – kann ich dich dann auch fragen?"

„Na klar, Reichard, Ehrensache", schwor Georg Gehring. „Äh – ich meine natürlich: Harald."

Frankfurt-Fechenheim,
Birsteiner Straße

4

Es war nicht viel, was Frau von der Schupflohe über Walter Sarstedt berichten konnte. Oder wollte. Obwohl sie so etwas wie ein Verhältnis mit ihm zu haben schien. So jedenfalls hörte sich die vage Umschreibung bezüglich der Beziehung zu Sarstedt an. Irgendwas war ihr unangenehm oder peinlich. Oder beides.

Gehring hatte nicht weiter nachgefragt. Er saß am Schreibtisch in seinem Büro und dachte über die nächsten Schritte in dieser Angelegenheit nach. Das Telefon unterbrach seine Überlegungen.

„Chef?"

„Reichard!", gab Gehring in scharfem Ton zurück.

„Tschuldigung, Georg. Ich lerne es wohl nie. Aber ich habe was für dich. Es geht um deinen Sarstedt."

„Das ging aber schnell. Und was gibt es?"

„Dein Mann hat früh angefangen. Einige Jugendstrafen. Zuletzt hat er drei Jahre eingesessen. Am Anfang kleine Betrügereien und Diebstahl. Dann ist er in andere Kreise geraten. Autoschieberei mit geklauten Luxuskarossen, solche Sachen eben. Er ist seit gut einem Jahr wieder auf freiem Fuß. Gemeldet war er danach bei einem Freund in Sachsenhausen, auch kein unbeschriebenes Blatt. In der Mailänder Straße 5, direkt neben dem Holiday Inn. Die beiden waren wohl immer ziemlich dicke miteinander. Kennen sich seit frühester Jugend, sie sind in einem Kinderheim aufgewachsen. Momentan weiß keiner, wo er steckt. Wahrscheinlich untergetaucht."

„Ich würde eher sagen: untergekrochen", versetzte Gehring, während er die Adresse notierte. „Ich habe eine bestimmte Vermutung, wo er stecken könnte." Gehring rieb nachdenklich seine Nase, ehe er weiterredete. „Kinderheim?", wiederholte er dann. „Welches Kinderheim?"

„In der Bleichstraße. Ist eine ganz alte Frankfurter Einrichtung. Existiert heute noch."

Gehring machte sich eine weitere Notiz.

Ach", fiel ihm dann noch ein, „was ist eigentlich mit Frauen? Ist Sarstedt verheiratet oder anderweitig liiert?"

„Weiß ich nicht. Aber mal ehrlich, Georg, da steckt doch mehr dahinter. Läuft da was?"

„Nein. Nicht dass ich wüsste. Ich soll für meine Klientin Nachforschungen über ihn anstellen. Sonst nichts. Ich möchte eben gründlich arbeiten. Das ist alles."

„Du sagst mir aber Bescheid, wenn ich irgendwas wissen sollte?"

„Klar, Ehrensache. Aber momentan möchte ich wirklich bloß klären, was mit dem Kerl los ist. Rufst du mich an, wenn du mehr weißt?" Gehring wollte das Gespräch schon unterbrechen. Dann siegte die Neugier. „Ach, Harald, eins noch: Wie heißt denn der Bekannte von Sarstedt?"

„Wozu musst du das wissen? Ist da wirklich sonst nichts am Laufen?" Reichard klang misstrauisch.

„Nein. Wenn ich es doch sage. Und?"

„Gerd Schranzow."

„Schranzow!", stieß Gehring aus. „Den Namen kenne

ich doch. Ich glaube, ich war mal bei einer Verhaftung dabei. Ist allerdings schon ein paar Jahre her. Na, wie auch immer. Danke, Harald. Hast mir sehr geholfen. Und schau doch bitte, ob du noch rausbekommen kannst, ob Sarstedt irgendwie liiert ist, ob es eine Frau gibt, und wie sie heißt. Nur um das Bild abzurunden." Gehring bekam ein schlechtes Gewissen. Er wusste, dass er dem ehemaligen Kollegen einiges zumutete und beeilte sich, das Gespräch zu beenden. „Tja, dann mal bis dann", schloss er.

„Bis dann. Und wenn ..."

„Ja, ist schon gut. Ich melde mich, sollte irgendwas interessant für dich sein. Eine Hand wäscht die andere."

Gehring legte auf. Reichard war misstrauisch. Das war sein gutes Recht. Ein klein wenig gekränkt war Gehring aber schon. Es war zwar klar, dass Reichard ihm keine Auskünfte erteilen durfte. Aber der ehemalige Kollege sollte eigentlich wissen, dass er, Georg Gehring, die gewonnenen Erkenntnisse nicht missbrauchen würde. Dann wurde er unsicher. Schließlich würde er das Erfahrene an seine Klientin weitergeben. Wer konnte schon wissen, was die Frau damit anfing? Die andere Seite der Medaille war: Er konnte seine Auftraggeberin vor ihrem augenscheinlich kriminellen Bekannten warnen. Doch dazu wollte er erst mehr wissen. Nur zur Sicherheit.

Wie würde er nun weiter vorgehen? Gehring überlegte. Eigentlich genügten die vorliegenden Fakten schon, um seiner Klientin einen, wenn auch für sie ziemlich beunruhigenden, Bericht vorzulegen. Doch sein Bauch sagte Gehring, dass das noch nicht alles war. Und er kannte sein Bauchgefühl am besten. Es hatte ihn bislang nur selten im Stich gelassen.

Mit Schranzow zu reden böte vielleicht eine Möglichkeit, mehr zu erfahren. Bestimmt würde sich zusätzlich die eine oder andere Information ergeben, die auch Reichard weiterhelfen würde.

Das Problem mit Schranzow war allerdings, dass er sich eventuell an ihn erinnern würde. Und einem Polizisten gegenüber, ob ehemalig oder nicht, würde Gerd Schranzow schweigen wie ein Grab. Das war sicher.

Zuerst sträubte sich alles in Gehring gegen die Idee, die ihm plötzlich kam. Deshalb kämpfte er mit sich, wollte sich nicht eingestehen, dass dies eine gute Möglichkeit sei, mit Schranzow in Verbindung zu kommen. Doch es fiel ihm auch keine andere ein. Aber immerhin, es war eine Möglichkeit. Gehring schloss die Augen.

„Wenn Sie Unterstützung brauchen – Sie wissen ja, wie Sie mich erreichen können."

Nun, das könnte natürlich böse ins Auge gehen. Auf der anderen Seite hatte Kölner mit seiner unorthodoxen Art in der Vergangenheit erstaunliche Ergebnisse erzielt. Natürlich war Gehring alles andere als blauäugig. Er wusste, dass er sich seinen nächsten Schritt schönredete. Trotzdem griff er zum Telefon.

„Herr Gehring! Schön, von Ihnen zu hören. Was kann ich für Sie tun?"

Karlo Kölner sprühte vor Eifer. Gehring spürte es durchs Telefon, und er bekam es ein wenig mit der Angst zu tun. Als Erstes musste er Kölners Elan bremsen. Dann mussten sie gemeinsam eine Strategie erarbeiten, wie man von Schranzow die gewünschten Auskünfte erhalten könnte. Genau, das war es. Eine Strategie.

Strategie!

Und – Karlo Kölner!

Zwei Dinge, die sich eigentlich ausschlossen. Gehring ließ die Schultern sinken. Andererseits wurde ihm klar, dass dies hier keine klassische Polizeiarbeit war. Er musste – nein, vor allem: er konnte nun anders vorgehen. Jetzt, wo er kein Polizist mehr wahr. Gehring beschloss, dass Angst ein schlechter Ratgeber sei.

Eine Viertelstunde später war Karlo im Bilde. Gehring hatte Namen und Herkunft seiner Klientin für sich behalten. Er erklärte Karlo, dass seine Auftraggeberin auf jeden Fall anonym bleiben müsse. Karlo war zuerst ein wenig verschnupft gewesen, hatte dann aber eingelenkt und sich mit den übrigen Informationen zufriedengegeben. Dann hatte er einhundertfünfzig Euro in seiner Hosentasche verschwinden lassen. Für unvorhergesehene Ausgaben, hatte Gehring gesagt und ihm eingeschärft, er solle sich immer eine Quittung geben lassen.

„Ich melde mich sofort, wenn es was Neues gibt", waren seine Worte gewesen, als er das Büro verließ.

Gehring beobachtete durchs Fenster, wie Karlo sein altes Motorradgespann erklomm. Als das Geknatter von Karlos betagtem DDR-Zweitakter verklungen war, hatte er ein mulmiges Gefühl.

Karlo stellte das Motorrad neben dem Clubheim ab. Er betrat das Häuschen, zog seine Lederjacke aus und ging ins Getränkelager. Dort öffnete er den kleinen Schrank, den Kuhl ihm zur Unterbringung seiner Klamotten leergeräumt hatte. Er zog ein dunkelblaues Sakko heraus, das er in einem Second-Hand-Laden für wenig Geld erstanden hatte. Eigentlich hatte er es gekauft, um Eindruck bei Jeannette zu schinden, doch momentan sah er dafür wenig Chancen. Für seinen Auftrag aber würde es auch gute Dienste leisten. Er wollte ein wenig offizieller wirken und zog auch sein bestes Paar Schuhe hervor.

Nachdem er sich rasiert und fertig angekleidet hatte, rief er ein Taxi. Es würde nicht allzu teuer werden, sich von Oberrad zur Mailänder Straße chauffieren zu lassen.

–

Es dauerte einen Moment, bis Karlo den Eingang zu Nummer 5 gefunden hatte. Das riesige Bauwerk verwirrte ihn im ersten Moment.

Den Namen auf dem Klingelbrett hingegen fand er schnell. Schranzow. Er drückte auf den Klingelknopf. Kurz darauf die Stimme. „Hallo?"

Karlo fühlte sich blockiert. Vielleicht hätte er sich doch lieber ein Konzept zurechtlegen sollen, statt auf sein Improvisationstalent zu vertrauen. Er gab seiner Stimme einen festen Ton und hoffte, dass er nicht klang wie ein Polizist.

„Herr Schranzow?"

„Was wollen Sie?", tönte es harsch.

Das hörte sich nicht einladend an.

„Mein Name ist Kölner. Ich würde gerne mit Herrn Schranzow sprechen. Es geht um eine persönliche Angelegenheit."

Eine kleine Pause entstand. Dann schnarrte der Türöffner und Karlo betrat das Treppenhaus.

Der schlanke Mann hatte die Wohnungstür im dritten Stock des Gebäudes einen Spalt geöffnet. Er verströmte pures Misstrauen. Auch seine Stimme klang überaus argwöhnisch. „Um was geht es denn?“ Er öffnete die Tür einen kleinen Spalt weiter und fuhr sich mit der Hand durch seine mittellangen Haare. Karlo runzelte die Stirn. Etwas an diesem Mann kam ihm bekannt vor. Doch er kam nicht drauf, was es war. Vielleicht täuschte er sich auch.

„Darf ich reinkommen?“ Karlo guckte um sich und wies mit beiden Händen auf die anderen Wohnungstüren. „Es geht um etwas sehr Persönliches“, wiederholte er eindringlich.

„Na, dann kommen Sie eben rein“, ließ Schranzow missmutig vernehmen. Karlo folgte ihm ins Wohnzimmer. Eine unterkühlte Geste wies ihm einen Platz auf einem der beiden Sessel zu. Schranzow selbst ließ sich auf die abgewetzte Couch fallen.

„Also?“

Karlo beugte sich nach vorne. Er musterte den schmalen Mann, der sich erneut nervös durch die Haare fuhr. Und wieder stellte sich das Gefühl ein, ihn zu kennen. Doch das Gefühl verschwand, wie es gekommen war.

Auch Schranzow hatte sich nach vorn gebeugt. Ein silbernes Kettchen hing an seinem Hals und zog Karlos Interesse auf sich. Etwas Rundes baumelte daran. Erst auf den zweiten Blick erkannte Karlo das Scharnier, das den silberner Anhänger in Form eines Apfels als Amulett auswies.

„Schöner Anhänger. Ungewöhnlich“, versuchte Karlo, sich in einem unverfänglichen Smalltalk etwas Vertrauen zu erschleichen.

„Ja, nicht wahr?“, kam es verblüfft zurück. „Ist mir vor ein paar Tagen wieder in die Hände gefallen. Beim Kramen in alten Sachen.“ Schranzow schien noch etwas sagen zu wollen, er überlegte einen Moment, „Na ja, gewissermaßen ein Erbstück." Dann runzelte er die Stirn. „Aber was wollen Sie denn jetzt eigentlich? Was soll das heißen – etwas Persönliches?" Wieder war das Misstrauen nicht zu überhören.

Karlo fasste sich ans Kinn. „Herr Schranzow, sehen Sie, es geht hier weniger um Ihre Person. Wir suchen dringend nach einem Bekannten von Ihnen." Karlo überlegte fieberhaft, wie er weiter verfahren sollte. Irgendwie musste er eine Brücke schlagen, um die Sprache auf Sarstedt zu bringen. Dann kam ihm eine Idee.

„Ich suche im Auftrag einer Kanzlei Herrn Walter Sarstedt", erklärte er. „Es geht um eine etwas unübersichtliche Erbschaftsgeschichte. Herr Sarstedt scheint wie vom Erdboden verschwunden zu sein. Und der letzte Hinweis führt hierher. Er hat doch einmal hier gewohnt, wenn meine Informationen richtig sind? Haben Sie vielleicht eine Ahnung, wo ich Herrn Sarstedt finden könnte?"

Schranzow leckte sich die Lippen. „Eine Erbschaft hat der Sarstedt gemacht? Dann kann er mir endlich die ausstehende Miete bezahlen."

„Nun ja, es gibt da zuerst einiges zu klären. Dazu müssten wir dringend mit Herrn Sarstedt sprechen."

Schranzows Miene verschloss sich wieder. Er glaubte Karlo kein Wort. „Keine Ahnung. Ich habe Sarstedt ewig nicht mehr gesehen. Wenn Sie ihn treffen, sagen Sie ihm, dass er endlich seine Schulden bezahlen soll." Er stand auf. Es war klar, dass er Karlo so schnell wie möglich loswerden wollte. „War das alles?"

Karlo verstand die unausgesprochene Aufforderung und erhob sich ebenfalls. Er griff in die Innentasche des Sakkos und holte ein sorgfältig geschriebenes Kärtchen mit seiner Handynummer hervor. Als er Schranzows zweifelnden Blick sah, beschloss er, sich endlich ein paar Visitenkarten drucken zu lassen.

„Wenn Ihnen zufällig noch etwas einfällt, rufen Sie mich einfach an."

„Ja, ja, schon gut", unterbrach ihn der schlanke Mann ungeduldig. „Dann melde ich mich bei Ihnen. Ich würde aber eher nicht darauf wetten. Wenn Sie mich jetzt entschuldigen würden? Ich habe noch zu tun."

Enttäuscht verließ Karlo die Wohnung. Erreicht hatte er nichts. Zwölf Euro hatte das Taxi gekostet. Und das mit der Quittung hatte er auch vergessen. Prima!

Als Schranzow die Tür hinter Karlo geschlossen hatte, kniff er die Lippen zusammen und überlegte. Ein Bulle war das nicht gewesen. Aber was wollte er dann? Angespannt griff er zum Telefon.

–

Lange Zeit nach dem Telefonat mit Schranzow überlegte Sarstedt noch immer fieberhaft. Erbschaft? Das war doch Quatsch. Oder? Und wenn der Kerl doch ein Bulle war? Nein, verwarf er den Gedanken wieder. Ein Bulle mit einer handgeschriebenen Telefonnummer. Nie und nimmer. Das Gefühl, dass dieser Kerl etwas weit Unangenehmeres von ihm wollte, als über Erbschaftsangelegenheiten zu reden, verstärkte sich. Wer hätte ihm denn schon etwas vererben können? Die Einzige, die ihm etwas vererben könnte, war am Leben. Noch.

Dienstag, 15. Oktober

5

Gehring stieg die fünf Stufen zum Eingang hoch. Er hatte sich erkundigt: Das Kinderheim in der Bleichstraße war eines der ältesten in Frankfurt. Er hoffte, hier noch etwas mehr erfahren zu können, was seinen Auftrag betraf.

Eine streng gekleidete Frau mittleren Alters öffnete ihm die Tür. Sie trug die Haare zurückgebunden und zu einem langen Zopf geflochten. Ihr Gesicht jedoch hatte weiche Züge. Es schien, als wolle sie mit ihrer Aufmachung ein Gegengewicht schaffen zu ihrem gutmütig scheinenden Wesen.

„Guten Tag. Ich bin Georg Gehring. Ich hatte angerufen. Frau Meinert? Haben wir miteinander gesprochen?"

„Ach, Herr Gehring. Kommen Sie doch herein."

Gehring trat ein und schaute einen langen, mit Neonröhren beleuchteten Gang entlang. Die Frau lief voraus und schaute über die Schulter.

„Kommen Sie, Herr Gehring. Wir gehen in mein Büro."

Kurz darauf saß der frisch gebackene Ermittler der Heimleiterin gegenüber.

„Wie kann ich Ihnen helfen?"

Gehring hatte sich entschlossen, nicht die ganze Wahrheit zu sagen. Die Heimleiterin musste ja nicht wissen, dass er dabei war, im Auftrag einer älteren Dame im Leben eines offensichtlich kriminellen Lebensgefährten zu schnüffeln.

„Nun, ich führe private Ermittlungen durch“, begann er vorsichtig. „Meine Klientin sucht einen alten Jugendfreund, den sie vor langer Zeit aus den Augen verloren hat. Und der vor vielen Jahren höchstwahrscheinlich in Ihrer Einrichtung aufgewachsen ist.“

„Viele Jahre? Was heißt das?“

„Ich schätze, so um die achtundvierzig Jahre sollte das her sein.“

„Oh! Und warum sucht sie ihn, wenn ich fragen darf?“ Ein leichtes Misstrauen blitzte in Frau Meinerts Augen.

„Ach, wissen Sie, sie hat bei einem Umzug in alten Sachen gewühlt. Und hat wohl einige Erinnerungsstücke gefunden. Nun möchte sie unbedingt ein großes Treffen mit den Freunden von damals veranstalten. Und dieser Herr ist der Einzige, den sie nicht selbst finden konnte. Es liegt ihr wohl viel an ihm.“

Ein wenig schämte sich Gehring. An solche Lügen würde er sich nur schwer gewöhnen können. Aber er wollte nicht ohne Ergebnis nach Hause gehen, und so schob er die Scham beiseite, so gut es ging.

„Achtundvierzig Jahre. Das wird nicht ganz einfach werden. Vielleicht finden wir etwas im Archiv. Wissen Sie, diese Jahrgänge sind noch nicht im Computer erfasst. Das machen wir erst seit ungefähr zehn Jahren.“

Gehring schaute die Frau erwartungsvoll an. „Dürfte ich mitkommen ins Archiv?“

„Ich bin nicht sicher, ob ich das darf. Ich kenne Sie doch überhaupt nicht.“ Frau Meinert war unsicher.

Gehring schämte sich erneut, als er den Versuch startete, Frau Meinert zu überreden. „Sie können mir vertrauen. Ich war bis vor kurzem Hauptkommissar bei der Frankfurter Kriminalpolizei. Den Hinweis auf Ihre Einrichtung habe ich von einem Kollegen bekommen. Sie dürfen ihn gerne anrufen und sich über mich erkundigen. Es geht wirklich nur darum, den Herrn zu finden."

„Und wenn Sie ihn gefunden haben?"

„Dann frage ich ihn, ob er überhaupt von meiner Klientin gefunden werden will. Kein Zwang. Nichts Illegales. Versprochen."

Frau Meinert zuckte die Achseln und erhob sich. „Na, dann kommen Sie eben mit. Ist eigentlich auch kein Geheimnis. Wie ist denn der Name des Gesuchten?"

Zehn Minuten später saß Frau Meinert an einem blankgescheuerten Holztisch im Souterrain des Hauses. Ein Ordner lag aufgeschlagen vor ihr. Gehring hatte sich neben sie gestellt und schaute interessiert zu, wie die Heimleiterin in den Akten blätterte. „Walter Sarstedt. Hier. Sie haben Glück. Was wollen Sie wissen?"

„Wenn möglich: alles. Wie kam er hierher, wie lange war er hier und vor allem: Wo könnte er gelandet sein?"

Die Frau lächelte. „Wo er gelandet ist, steht hier natürlich nicht. Da müssten Sie sich schon woanders bemühen. Er wurde als Neugeborener zu uns gebracht. Jemand hatte ihn vor der Uniklinik ausgesetzt. Eine junge Schwester hat ihn damals gefunden."

„Ausgesetzt. Aha." Gehring wurde neugierig. „Ja, und – sagen Sie – wie kommt solch ein Kind dann zu einem Namen? Es sind ja keine Verwandten von ihm bekannt."

„In diesen Fällen ernennt das Jugendamt einen Betreuer. Und der legt dann den Namen fest."

„Wie? Der denkt sich einfach einen Namen aus?"

„Ja. Natürlich. Wie soll das sonst gehen?“ Sie überlegte. Dann fuhr sie fort. „Es sei denn, jemand adoptiert das Kind. Dann bekommt es den Nachnamen der Adoptiveltern. Und den Vornamen suchen sich die Eltern selbst aus, wie bei einem leiblichen Kind.“ Sie blätterte in der Akte. „Was bei Herrn Sarstedt nicht der Fall war. Laut der Akte wuchs er ohne Adoptiveltern auf.“

„Und der Betreuer? Wie hieß damals der Betreuer?“

Frau Meinert schaute bedauernd. „Er war damals schon über fünfzig. Unwahrscheinlich, dass er noch lebt.“

„So ein Pech.“ Gehring klang enttäuscht. „Gut, das kann man eben nicht ändern. Aber wie ging es weiter? Wie lange lebte er in Ihrer Einrichtung?“

„Hier steht, er hat irgendwann eine Bäckerlehre angefangen. Mehr haben wir nicht. Wenn Sie mehr wissen wollen, müssten Sie sich ans Jugendamt wenden.“ Sie schickte Gehring einen merkwürdigen Blick. „Oder an die Polizei.“

„Die Polizei?“ Gehring versuchte, überrascht zu klingen.

Frau Meinert schaute bekümmert. „Walter Sarstedt war beileibe kein einfacher Junge, scheint mir. Irgendwann begann er, straffällig zu werden. Zuerst war er nicht strafmündig. Dann wurde die erste Jugendstrafe verhängt, und unsere Aufzeichnungen enden. Mehr habe ich nicht. Sind Sie sicher, dass Ihre Klientin ihn bei ihrer Feier dabei haben will?“

Gehring fiel keine Antwort auf diese Frage ein.

Er dankte der Heimleiterin für ihr Entgegenkommen und wollte sich schon höflich verabschieden, als ihm noch ein Gedanke durch den Kopf ging.

„Eine letzte Frage hätte ich noch, Frau Meinert. Die Krankenschwester. Die Frau, die das Baby gefunden hat. Ist der Name der Krankenschwester in der Akte erwähnt?“

Frau Meinert schlug den Ordner wieder auf und studierte einige Zeit darin. „Hier“, sie legte den Zeigefinger auf eine Stelle des aufgeschlagenen Ordners. „Jetzt haben Sie doch noch Glück. Die Schwester hieß Horweiler. Annegret Horweiler.“ Dann runzelte sie die Stirn. „Aber was nutzt Ihnen das bei der Suche?“

Sie war misstrauisch geworden.

Auch hierauf fiel dem Ex-Kommissar keine Antwort ein. Man würde sehen.

–

Noch im Auto wählte Gehring Reichards Nummer. Die Begeisterung des Ex-Kollegen hielt sich in Grenzen, als er von dem neuerlichen „Auftrag“ hörte. Andererseits, so überlegte er, könnte er den erfahrenen Gehring im Gegenzug unter der Hand bei schwierigen Ermittlungen einspannen. Vornehmlich, wenn sein hypochondrischer Kollege Schönhals wieder im Krankenstand verweilte.

„Annegret Horweiler?“, fragte er noch einmal nach.

„Genau. Hat sie irgendwann geheiratet? Wenn ja, wie heißt sie jetzt? Und wo wohnt sie?“

„Alles klar, Chef. Ich melde mich. Wenn ich nicht vorher suspendiert werde.“

Unterliederbach,
Peter-Bied-Straße
Dienstag, 15. Oktober

6

Zuerst war er unsicher, und ein wenig plagte ihn das schlechte Gewissen, nachdem er sich Zutritt zur Wohnung im ersten Stock verschafft hatte. Schnell hatte er sich dann aber eingeredet, es müsse sein, und wenn er die Möglichkeit hätte, etwas herauszukriegen, dann solle er sie auch unbedingt nutzen. Schließlich wäre es das Beste für alle Beteiligten, wenn endlich Klarheit herrschte.

Er schloss die Tür hinter sich und legte die Plastiktüte, die er mitgebracht hatte, in den Flur. Dann begann er, die Wohnung systematisch zu untersuchen. Er ging behutsam vor, Schritt für Schritt, und achtete peinlich genau darauf, nichts zu verändern.

Es gab einiges, das er befremdlich fand. Dann gab es vieles, das ihn förmlich anekelte. Mehrmals bekam er den Reflex, einfach alles anzünden zu wollen. Weg mit dem ganzen Kram.

Doch so sehr er sich auch bemühte, er fand nichts. Nicht im Wohnzimmer, nicht in der Küche. Er durchkämmte erfolglos das Bad. Als er mit dem Schlafzimmer fertig war, wurde ihm bewusst, dass er nicht nur nichts erreicht hatte, zusätzlich war auch noch seine Selbstachtung zum Teufel gegangen.

Der Verdacht keimte in ihm auf, er könne jemand Unrecht getan haben. Schnell verdrängte er dieses unschöne Gefühl. Dass er nichts gefunden hatte, bedeutete nicht automatisch, dass sein Verdacht unbegründet war. Mit solcherlei Gedanken befasst, hätte er beinahe vergessen, was er noch vorhatte.

Er war nämlich dieser Tage auf eine ziemlich gemeine Idee gekommen.

Er blickte sich noch einmal um und prüfte, ob alles wieder an seinem Platz stand. Dann ging er in den Flur und griff sich die Plastiktüte, die er dort abgelegt hatte.

Danach ging er zurück ins Schlafzimmer. Dort blieb er vor dem Nachtschrank auf der rechten Seite des Bettes stehen. Er sah sich belustigt die Äpfel an, die dort lagen. Dann langte er in die Plastiktüte und holte ein Fläschchen hervor. Er öffnete es und stellte es auf dem Nachtschrank ab.

Ein diabolisches Grinsen erschien auf seinem Gesicht, als er die Nadel in den Hals der kleinen Flasche einführte und die Spritze ganz vorsichtig aufzog.

Nach fünf Minuten hatte er seine Arbeit beendet. Als er die Tür der Wohnung wieder sorgfältig hinter sich geschlossen hatte, überfiel ihn eine außerordentliche Heiterkeit. Ganz sicher war er nicht, ob diese Reaktion angemessen war. Doch dann ließ er diesem Gefühl einfach freien Lauf.

Frankfurt-Oberrad,
Kleingartengelände
Mittwoch, 16. Oktober

7

Eigentlich hatte Karlo heute vorgehabt, Gehring von seinen Ermittlungen bezüglich Schranzow zu berichten. Die Ergebnisse waren kaum der Rede wert, doch Auftrag war Auftrag.

Es sollte jedoch alles ganz anders kommen.

In der Nacht war es empfindlich kühl geworden. Der Winter stand zwar noch nicht unmittelbar vor der Tür, doch der Herbst zeigte sich an diesem Morgen das erste Mal von seiner frostigen Seite. Ein blauer Himmel und die strahlende Morgensonne hatten Karlos Stimmung merklich aufgebessert, als er direkt nach dem Aufstehen aus dem Fenster des Clubheims geblinzelt hatte. Die Temperatur hingegen, die sich knapp unter null Grad befand, und der Raureif, der sich wie ein funkelnder Teppich über die Wiese gelegt hatte, waren für die kräftige Gänsehaut verantwortlich, die Karlo über den Rücken gelaufen war, als er das Gartenhaus verlassen hatte. Nun stand er hinter einer Hecke im Garten seiner behelfsmäßigen Unterkunft in Frankfurt-Oberrad, um dem allmorgendlichen Druck seiner Blase nachzugeben.

Er schaute fasziniert zu, wie der warme Strahl auf dem kalten Boden vor ihm auftraf und dabei mächtige Dampfwolken erzeugte, die ihr bizarres Muster in das gleißende

Licht des frühen Tages zeichneten. Karlos Gedankenwelt war auf angenehme Weise noch in schläfrige Watte gepackt.

Das Signal seines Handys riss ein zugiges Loch in die warme, angenehm sedierende Hülle, die Karlos Bewusstsein dämpfte. Ein kurzes Zusammenzucken war die Folge, und der Strahl änderte geringfügig seine Richtung. Routiniert dirigierte er mit der linken Hand den Fluss seiner körpereigenen Abwässer wieder in Richtung des Bodens direkt vor der Hecke, mit der rechten fischte er sein Mobiltelefon aus der Hosentasche, drückte auf das grüne Hörersymbol und hielt das Telefon ans Ohr.

„Kölner?", schnarrte er knapp und wenig begeistert über die unpassende Störung seines morgendlichen Rituals.

„Karlo?"

Der überaus vertraute helle Klang der Stimme am anderen Ende der Verbindung ließ Karlo erneut zusammenfahren. Dieses Mal bedeutend stärker. Der Impuls fuhr wie ein Stromstoß durch sein rechtes Ohr, direkt über die Nervenbahnen der Halswirbel, dann über die gesamte Wirbelsäule nach unten, direkt in die gegenwärtig mit relativ profaner Verrichtung beschäftigten Lenden.

Jeannette!

Karlos Lenden allerdings wurden während des freudigen Erkennens prompt – und leider – über jede Gebühr in einen heftigen Schwung versetzt. Die unkontrollierte Bewegung veränderte die Richtung des noch nicht vollständig versiegten Strahls erheblich. Ein warmes, unangenehm feuchtes Gefühl auf seinen nackten Füßen, die in alten schwarzen Sandalen steckten, war das Resultat. Er verzog das Gesicht, grunzte ärgerlich, räusperte sich, und eine peinliche Verlegenheit stellte sich ein.

„Störe ich dich? Hast du noch geschlafen?“ Karlos Ex-Freundin klang irritiert und ein wenig besorgt.

„Nein, nein“, Karlo räusperte sich erneut, „ich – äh – bin gerade beim Frühstück. Und als ich schnell nach dem Handy gelangt habe, da ist mir doch ...“ Er hielt inne, machte eine kleine Pause und überlegte, „... da hab ich doch glatt meinen Kaffee verschüttet. Und jetzt habe ich nasse Füße.“

„Aha!“

Skeptischer konnten drei Buchstaben nicht klingen.

Der Strahl aus der nächtlich aufgestauten Quelle war indes versiegt. Das eisige Gefühl, das die Verdunstungskälte auf Karlos Füßen hervorrief, wurde langsam unangenehm und ließ ihn frösteln. Das Feuer jedoch, das Jeannettes Stimme tief in seinem Inneren entfachte, half ihm, die kalten Füße zu ertragen.

„Jeannette“, flötete er, „schön, deine Stimme zu hören. Ist lange her, nicht wahr?“

Karlos Versuch, nicht allzu eifrig zu klingen, scheiterte. Jeannette sollte vor allen Dingen nicht mitbekommen, dass die Situation eigentlich unpassend war für das intime Gespräch, auf das er insgeheim hoffte. Auf dem Weg zurück zum Gartenhaus versuchte er daher, den Reißverschluss seiner Hose mit einer Hand hochzuziehen. Ein relativ gefährliches Unterfangen, wie wohl fast jeder Mann schon einmal erfahren musste. Zumal sich Karlos „kleiner Freund“ in einer ziemlich unfallträchtigen Position befand. Gäbe es so etwas wie einen Interessenverband der einhändigen Reißverschlusshochzieher, er hätte in seiner Mitgliederzeitung bestimmt vor den Gefahren eines solchen Vorgehens gewarnt.

Doch so kam es, wie es kommen musste.

„Aaauutsch!“

Karlo jaulte gepeinigt auf, der Schmerz war nicht unerheblich, und das Handy purzelte auf den Boden. Als er den Reißverschluss mit schmerzverzerrtem Gesicht wieder vorsichtig öffnete, bemerkte er, dass er an seiner empfindlichsten Stelle blutete. Unentschlossen pendelte sein Blick zwischen der peinlichen Verletzung an seinem besten Stück und dem vor ihm im Gras liegenden Mobiltelefon. Leise, doch drängend, quäkte Jeannettes Stimme aus dem silberfarbigen Gerät.

„Hallo? Karlo! Was ist denn los bei dir? Ist was passiert? Haaaalloooo!“

Karlo bückte sich, griff nach dem Telefon und presste es wieder ans Ohr.

„Jeannette? Ja, ich bin wieder dran. Mir ist bloß das Handy runtergefallen – was? Nein, nein, ach, das glaubst du mir sowieso nicht. Aber jetzt sag mal: Was gibt es denn? Ich meine, kann ich was für dich tun? Es ist doch hoffentlich nichts passiert?“

Karlo war unschlüssig, wusste nicht recht, was er sagen sollte. Eigentlich war Jeannette am Zug. *Sie* hatte *ihn* angerufen. Schließlich erlöste sie ihn. Sie wirkte plötzlich verlegen.

„Ja, also – ich habe gedacht, vielleicht hast du heute Abend noch nichts vor?“

„Etwas vor? Nein, nein, nichts hab ich vor“, krächzte er und spürte, wie sein Herzschlag in kürzester Zeit eine bedenklich hohe Frequenz erreichte. Vergeblich versuchte er, das Zittern in seiner Stimme zu mildern, als er nachhakte: „Wieso fragst du?“

„Tja, ich hab gedacht, du besuchst mich mal wieder. Ich wollte ein paar Kalbsrouladen machen. Und einen guten Wein dazu hab ich auch besorgt.“

Karlos Stimme überschlug sich fast.

„Ja, klar, gerne, natürlich, wann soll ich da sein?"

„Wie wär's so gegen sieben heute Abend?

„Ja, ja, natürlich, klar, ich komme!"

„Na dann, bis dann."

„Dann bis dann."

Karlo hatte seine Schmerzen vergessen. Er strahlte übers ganze Gesicht.

Wieder in der Hütte, schaute er kritisch in den Spiegel. Was er sah, gefiel ihm nicht sonderlich. Das, was normalerweise als Frisur bezeichnet werden konnte, war in den letzten Wochen einer gewissen Verwahrlosung anheimgefallen. Zeit hatte er heute noch massig, er würde also nach Höchst fahren, zu seinem alten Freund Belmund, genannt Belmondo, der dort seit Jahren *Belmondos Frisiersalon* betrieb. Vor vielen Jahren schon hatte der Haarkünstler seine Stelle bei einem Fechenheimer Friseursalon gekündigt, um in Frankfurt-Höchst einen eigenen Salon zu eröffnen. Dort hatte er es zu einiger Bekanntheit gebracht.

Karlo hatte ihm die Treue gehalten, wie einige andere alte Fechenheimer auch, und war seitdem nach Höchst gepilgert, wenn ein Haarschnitt unumgänglich geworden war. Dazu kam, dass er den aktuellen Fechenheimer Coiffeuren aufs Tiefste misstraute. Nein, Belmund kannte Karlos Kopf und wusste, was zu tun war.

Noch einmal schaute er in den Spiegel. Danach war er sicher: Ein Besuch beim Friseur würde seine Moral hinsichtlich des heutigen Rendezvous beträchtlich stärken.

Wobei es ihm in Wahrheit weniger darum ging, seine eigene Moral zu stärken, als vielmehr die seiner Ex-Freundin zu erschüttern.

Belmondos Frisiersalon,
Antoniterstraße in Frankfurt-Höchst
Mittwoch, 16. Oktober

8

„Ist es recht so, Jörg?“ Mit einem eleganten Schwung bewegte Belmondo den Handspiegel hinter den Kopf seines Kunden, der mit übereinandergeschlagenen Beinen lässig im Friseursessel lehnte, und musterte ihn erwartungsvoll. Der Mann mit den silberfarbenen Haaren drehte seinen Schädel hin und her und warf einige sehr kritische Blicke in den großen Spiegel vor sich.

„Wenn ich *damit* vor Gericht gehe, gewinne ich den Prozess. Ganz sicher.“ Als er Belmondos entsetztes Gesicht sah, grinste er durchtrieben und zeigte sich mit etwas zu generös klingender Stimme zufrieden.

„Nein, Quatsch. Das hast du natürlich sehr schön gemacht, mein Lieber, wie immer, wirklich. Würde ich sonst seit Jahren von Bischofsheim nach Höchst kommen?“

„Qualität setzt sich eben durch“, lobte sich der Friseur mit routiniertem Pathos und bürstete dem frischgeschorenen Mann dabei den Nacken aus.

„Ach ja – apropos Qualität“, konterte Keltermeister Jörg Stier. „Bevor wir es vergessen – ich habe deinen Apfelsekt im Wagen.“

„Ah ja, das ist gut. Ich habe nur noch eine angebrochene Flasche im Kühlschrank.“

Belmondo, dessen bürgerlicher Name eigentlich Belmund Habert lautete, zeigte sich erfreut. „Gibt ein paar Kunden, die kommen scheinbar nur wegen deinem Sekt hierher“, schob er dann in einer Art launiger Selbstironie nach.

Stier grinste wissend: „Äppler makes the world go round – sogar bei den Quadratschädeln, die du hier zu bearbeiten hast. Nun ja, du weißt, ich helfe gerne. Wann immer ich kann.“

„Na, dann“, bekundete Belmondo. „Bring das Zeug mal rein.“ Er nahm dem Apfelweinspezialisten den Umhang ab und bürstete noch einmal über Stiers Schultern, bevor dieser sich aus dem Sessel erhob und zu seinem Wagen ging.

Einige Minuten später lagerten einige Kisten des schäumenden Getränks hinter der Kassentheke.

„Rechnung schicke ich per Post, okay?“

„Alles klar. Und vielen Dank, bis zum nächsten Mal.“

Stier strich sich vorsichtig über seinen runderneuerten Kopf. „Könntest dich endlich mal in der Kelterei sehen lassen. Damit du auch mal siehst, wie der gute Stoff gemacht wird. Ich organisiere öfter mal ’ne Führung mit Probe und ein paar passenden Snacks. Lässt dich einfach von deiner Frau fahren, dann kannst du auch was trinken, meinst du nicht auch?“ Stier überlegte. Dann sah er Belmondo auffordernd an. „Ich schick dir ’ne Mail, wenn ich ’ne Veranstaltung habe. Du bist aber auch sonst immer willkommen.“

Belmondo gab seinem alten Kunden die Hand und guckte schuldbewusst. „Hast ja recht, Jörg. Ich ruf dich an“, versprach er vage. „Das kriegen wir jetzt endlich mal hin“, schob er etwas konkreter nach. Daraufhin hielt er dem Bekannten die Tür auf und schaute ihm hinterher, bis er seinen Wagen erreicht hatte.

Zurück im Salon ging er hinter seine Kassentheke, griff

sich zwei Sektgläser aus dem Regal, das dahinter stand, und stellte eines davon neben die Kasse. Das andere deponierte er vor einem der Friseursessel im Damenbereich. Er erwartete nämlich eine Kundin der ganz besonderen Art. Ein erster Schauer lief ihm aus diesem Grund über den Rücken und er ging schnell nach oben in die Wohnung über dem Salon, um noch einen Beruhigungsschnaps zu trinken. Richtig glücklich wurde er trotzdem nicht.

Als er zurück in den Salon kam, stand sein Freund Stier wieder vor der Theke. In der Hand hielt er einen Karton.

„Hier. Hatte ich ganz vergessen."

Mit einem Mal bemerkte Jörg Stier Belmondos gequälten Gesichtsausdruck. „Du schaust so komisch. Ist alles in Ordnung?"

„Ja, klar, alles okay. Es ist nur – na ja, ein Ding habe ich heute noch vor der Brust."

Stier schaute neugierig. „Und?"

„Ach, die Schupfnudel kommt heute wieder mal."

„Schupfnudel?"

„Na, so 'ne alte Schachtel. Ziemlich aufdringlich. Zahlt aber gutes Geld. Sozusagen Schmerzensgeld. Auch noch adlig. Nennt sich Frau von der Schupflohe."

„Waaas? Die Leo? Du Armer. Die lässt sich bei dir die Haare schneiden? Weißt du, wer das ist?"

„Ach – du kennst die?" Belmondo war fassungslos. „Ich weiß nichts, außer, dass sie mir nachstellt, als wäre ich Jean-Paul. Du weißt schon, der richtige Belmondo. Außerdem schluckt sie immer Unmengen von deinem Apfelsekt." Er unterbrach sich kurz und dachte nach. „Komisch", setzte er dann hinzu, „sie hat nie gesagt, dass sie dich kennt. Müsste sie doch eigentlich, oder?"

„Was weiß ich", winkte Stier ab. Dann grinste er fröhlich. „Dann ist sie also auch hinter dir her? Na, dafür ist sie bekannt. Ist ein lockeres Vögelchen, sagt man. Betreibt ein paar Apfelweinkneipen. Eigentlich macht das der Gerhard, ihr Sohn, seit einiger Zeit. Der beliefert mich auch mit Äpfeln." Er schaute ungläubig auf den Karton und schüttelte den Kopf.

„Das ist wirklich ein Zufall. Aber schau mal, die müsst ihr einfach probieren. Sind ganz selten, hier bei uns gibt es die so gut wie gar nicht. Hab ich ausgerechnet von Leos Sohn. Die Leute, die sie mögen, sind ganz süchtig danach." Er hob den Karton in die Höhe. „Hierauf, meine ich. Nicht auf die Leo."

„Was ist das?"

Er drückte Belmondo den Karton in die Hand. „Einfach probieren. Äpfel, ganz frisch vom Baum. Sind was ganz Besonderes. Finde ich jedenfalls. Nicht so ein kaputtgezüchtetes Supermarktzeug. Nennen sich *Baaräpfel.*"

Mit diesen Worten hob er die Hand, drehte sich um und ging zur Tür. Belmondo stellte den Karton auf die Theke und lief dem Keltermeister nach. Der war bereits an seinem Auto angekommen. Der Friseur rief ihm noch ein schnelles „Danke" hinterher.

Dann winkte er noch einmal und wollte die Tür bereits wieder schließen. Doch von links näherte sich ein weibliches Wesen, das an seinem Ziel nicht den geringsten Zweifel ließ. Belmondo verdrehte die Augen. Das Ungemach hatte sich tags zuvor schon telefonisch angekündigt und war nun pünktlich wie die Feuerwehr. Nur dass bei Belmondo keinerlei Feuer loderte.

„Belmondo, mein Lieber, warten Sie! So warten Sie doch!

Sie werden einer Dame doch nicht die Tür vor der Nase zuschlagen wollen?“

Vor der Tür allerdings blieb das Wesen abrupt stehen, reckte den Hals und schaute neugierig ins Innere des Salons. „Ihre Gattin ist doch nicht da? Oder?“

Sie strich an ihrem schwarzen Ledermini entlang, der an der Vorderseite neckische Falten aufwies. Ihre dünnen Beinchen ragten wie Stelzen daraus hervor, die Füße steckten trotz der Kälte in ebenfalls schwarzen Riemchenpumps. Die höllisch hohen Absätze ließen die Beine in den roten Nylons noch dünner erscheinen und erinnerten ihn fatal an das Storchenpaar, das er im Sommer auf einem Scheunendach bei Steinau entdeckt hatte.

„Aber nein, Madame von der Schupflohe, nein, das hatte ich doch versprochen, kommen Sie nur herein.“

Mit Schaudern wanderte sein Blick von dem struppigen Felljäckchen, das über einer Bluse im Raubtiermuster hing, in das erstarrte Antlitz der Dame, in dem die Spachtelmasse einer ganzen Douglas-Filiale zu kleben schien. Nebst dazugehöriger Farbe, versteht sich. Ihr Alter zu beurteilen hatte der Friseur sich immer verkniffen, reiner Selbstschutz, ein wohlmeinender Beobachter hätte sie vielleicht um die fünfundsechzig geschätzt.

Belmondo wünschte sich, er könne die Zeit um zwei Stunden vordrehen. Seit längerer Zeit stellte ihm diese merkwürdige Frau nach. Sie schien verrückt nach ihm zu sein. *Verrückt, ja,* das war sie ganz bestimmt. Aber warum ausgerechnet auch noch *nach ihm.* Das Reformieren der blondgefärbten, strohähnlichen Haarpracht der Dame in eine respektable Frisur betrachtete er als reinen Vorwand der Frau, um sich von ihm betatschen zu lassen. Eine Gänsehaut lief ihm über den Rücken. Nun, das Trinkgeld war exorbitant und die Rechnung – nicht zu knapp – wurde immer ohne Einwand beglichen.

Für einen Augenblick hatte Belmondo den Eindruck, etwas sei nicht so wie üblich bei der alten Dame. Frau von der Schupflohe kam ihm bedrückt vor, etwas dämpfte die lebenslustige Art, die sie sonst im Übermaß versprühte. Er glaubte mit einem Mal Traurigkeit in ihren Augen zu sehen, eine Art Schwermut schlug ihm entgegen. Doch bevor er sich erkundigen konnte, normalisierte sich die Stimmungslage, und sie sah ihn erwartungsfroh an.

„Wollen wir beiden Hübschen nicht erst mal ein Sektchen zusammen schlürfen?", schlug sie vor. „Sie haben doch bestimmt noch von dem guten Äpfelchen im Eisschrank?"

„Aber klar, Madame von der Schupflohe, für gute Kundinnen doch immer." Belmondo lächelte dünn, steuerte auf den kleinen Kühlschrank hinter der Kassentheke zu und entnahm ihm eine halbvolle Flasche. Er füllte die zwei vorbereiteten Sektkelche und reichte Frau von der Schupflohe ihr Glas. Die Augen der alten Dame glühten vor Begeisterung, als sie den Kelch hob. Doch bevor sie ihn zum Mund führte, stellte sie das Glas wieder ab, verzog das Gesicht und griff sich an den Bauch. Belmondo runzelte besorgt die Stirn. „Ist Ihnen nicht gut, Madame? Alles in Ordnung?"

„Irgendwie ist mir – ich weiß nicht recht, mein Bauch, das zwickt so merkwürdig." Sie holte tief Luft, schüttelte ärgerlich den Kopf und griff sich ihr Glas erneut.

„Nein", befand sie schließlich tapfer, „es ist nichts." Sie schickte dem Friseur ein Lächeln und streckte Belmondo das Glas entgegen.

„Haach, Adam reicht Eva den Sündentrunk. Wie aufregend, nicht wahr, mein Bester? Auch noch Apfelsekt, wie überaus passend. Biblisch und zugleich frivol, Prösterchen."

Belmondo hob zögernd das Glas, stellte es aber wieder ab, ohne getrunken zu haben und wollte etwas sagen.

„Nein, nein, sagen Sie jetzt nichts. Belmondo, mein Freund. Heute benötige ich Sie nicht nur als Friseur. Hören Sie zu: Sie machen mich jetzt wieder einmal richtig schön. Dann schließen Sie für heute zu, wir klemmen uns noch ein Fläschchen unter den Arm und gehen zu mir nach Hause. Ich brauche heute einfach jemanden, der ..."

Nun reichte es aber! Sie kam nicht mehr dazu, den Satz zu vollenden. Belmondo wollte es auch gar nicht hören. Bei ihm brachen alle Dämme. Geld hin, Geld her.

„Madame von der Schupflohe, nein, so geht das nicht", unterbrach er sie. Dann sprudelte es nur so aus ihm heraus. „Glauben Sie mir, ich schätze Sie sehr als gute Kundin. Aber eben nicht mehr. Ich bin verheiratet, und ich möchte nicht mit Ihnen ..." Er zögerte kurz, dann presste er hervor: „nicht mit Ihnen ... ach, was auch immer! Ich gehe jetzt nach oben und sage meiner Frau Bescheid. Sie wird Ihnen die Haare machen, sie tut das genauso gut wie ich, glauben Sie mir. Und wenn Sie das nicht mögen, sollten Sie sich einen anderen Salon suchen. Es tut mir leid."

Angespannt schaute er der ältlichen Dame ins Gesicht, bereit für das schwere Donnerwetter, das nun kommen musste. Doch es grub sich nur erneut eine tiefe Traurigkeit in das zerschminkte Gesicht der alten Dame. Diese enorme Traurigkeit, die er schon zuvor bemerkt hatte. Einige dicke Tränen zeichneten dunkle Bahnen auf die Wangen und ihre Stimme klang hohl. „Nein, nein, ich wollte doch bloß – ach, es ist alles so verfahren. Belmondo, mein Lieber, ich weiß nicht, wie ich es Ihnen erklären soll. Sie waren immer so nett. Ich wollte wirklich nur ...“, wiederholte sie und griff sich erneut an den Bauch. „Ich sollte mich nicht so aufregen. Aber es stimmt wohl, was meine Schwiegertochter sagt: Ich bin wirklich nur noch eine lächerliche alte Frau.“

Der Friseur schnappte nach Luft. Nun war er völlig ratlos. Aus einem Strohhaufen wie dort auf diesem Kopf für ein paar Tage eine annehmbare Frisur zaubern, das konnte er. Aber mit dieser Situation fühlte er sich gänzlich überfordert. Er taumelte betroffen zwei Schritte zurück.

„Ich, äh, rufe jetzt meine, meine Frau“, stammelte er, „ja, also, sie wird – sie kommt gleich. Es wird alles gut.“

Dann drehte er sich um und flüchtete zur Treppe, als wäre der Teufel hinter ihm her. Aus dem Augenwinkel sah er noch den Karton auf dem Kassentresen stehen. Er ging schnellen Schrittes zurück, nahm den Karton unter den Arm und stiefelte die Treppe empor. Dabei öffnete er den Deckel des Kartons und lugte kurz hinein. Enttäuscht schüttelte er den Kopf.

Tatsächlich Äpfel! Na, so was.

„Nun“, dachte er dann bei sich, „er ist ja auch ein Apfelmensch. Gibt schon Sinn. Vielleicht freut sich Tanja darüber.“

Frankfurt am Main
Mittwoch, 16. Oktober

9

Das alte MZ-Gespann knatterte über die Friedensbrücke Richtung Innenstadt. Kurz danach passierte es den Frankfurter Hauptbahnhof. Frohgemut steuerte Karlo sein Motorrad in Richtung Höchst. Der Verkehr in der Stadt hielt sich heute in Grenzen. Es ging flott voran und er war froh, nicht den längeren Weg über die Autobahn gewählt zu haben. So bog er schon fünfzehn Minuten später in die Antoniterstraße in Höchst ein.

Frohgemut erblickte er direkt vor dem Friseursalon einen Parkplatz. Sehr schön. Er lenkte den Zweitakter an den Fahrbahnrand und schaltete den Motor aus. Dann stieg er ab, zog seinen Helm vom Kopf und betrat kurz darauf den Salon. Er schaute sich flüchtig um. In der Herrenabteilung herrschte gähnende Leere, das gab es hier nicht oft. Schön. Da würde er nicht warten müssen. Karlo platzierte den Helm auf der Hutablage. Dann schaute er sich nach seinem alten Freund Belmund um und schielte in den rechten Teil des Ladens. Keine Spur von Belmund. Die Frau allerdings, die dort auf einem der Sessel saß, stach ihm sofort ins Auge.

Und irgendetwas alarmierte Karlo.

Es war nicht die seltsame Aufmachung der Dame, die ihn an eine alternde Prostituierte denken ließ. Es war die Haltung der Frau. Diese seltsam verkrampfte Haltung. Die weit aufgerissenen Augen. Der starre Blick darin. Das blassbläulich angelaufene Gesicht. Der verzerrte Mund. Und der daraus ausgetretene Schaum.

Diese Frau passte überhaupt nicht hierher. Es war aber nicht ihr Alter, schon gar nicht ihre Aufmachung, damit hätte Karlo gewiss kein Problem gehabt.

Nein, es war etwas anderes. Diese Frau war – tot!

Karlo schaute sich um. Er runzelte die Stirn, als er das zu einem Drittel gefüllte Sektglas auf der Ablage vor dem Spiegel erblickte. Ein zweites Glas, noch voll, stand auf dem Kassentresen.

Er ging einen Schritt auf die Frau zu und beugte sich über sie, ganz vorsichtig, um nichts zu berühren oder zu verändern. Eine weibliche Stimme riss ihn aus seinen Betrachtungen.

„Karlo! Das ist ja eine Überraschung. Hast du denn einen Termin? Belmund hat mir gar nicht gesagt, dass du kommst."

Karlo schaute mit aufgerissenen Augen in das erstaunte Gesicht von Tanja Habert, Belmunds Frau.

„Ach, ich bin auf gut Glück hier. Muss heute Abend gut aussehen."

Dann stockte Karlo, schluckte mühsam und deutete schließlich auf die tote Dame. „Wenn man hier noch von Glück sprechen kann. Was ist denn da passiert?"

Tanja Habert erfasste die Situation rasch. Genauso rasch verlor sie die Beherrschung. Ihr Schrei gellte durchs Haus wie eine Sirene. Nur Sekunden später hörte man Belmondo in allergrößter Hast die Treppe herunterpoltern.

„Was ist denn hier los? Hallo Karlo! Wo kommst du denn

her?" Er schaute seine Frau an und grinste. „Das ist doch nur Karlo, da musst du nicht schreien."

Er unterbrach sich, als er Karlos Gesicht bemerkte und ließ seinen Blick Karlos leichtem Nicken folgen. Dann sah er in Madame von der Schupflohes grotesk verzerrtes Gesicht.

„Ach du liebe Scheiße!"

Belmondo versteifte sich vor Schreck.

Seine Frau löste sich als Erste aus der allgemeinen Erstarrung.

„Was sollen wir nur tun?" Tanjas Stimme klang dünn, ihre Augen waren weit aufgerissen.

Karlo fand seinen Pragmatismus schnell wieder. Sein berüchtigter Galgenhumor bahnte sich nun seinen Weg.

„Ich würde sagen, falls ihr etwas damit zu tun habt: Lassen wir die Leiche schnellstens verschwinden."

Nach einer kurzen Kunstpause hörte er Belmondos kleinmütige Frage: „Und wenn nicht?"

„Dann sollten wir besser die Polizei rufen."

Tanja Habert war völlig durch den Wind. Sie hielt die Hände vors Gesicht geschlagen und hatte die Schultern verkrampft hochgezogen. „Ich geh nach oben. Das halt ich nicht aus. Das ist mir zu viel. Ich muss mich hinlegen, sonst kipp ich um. Mir ist ganz schwummrig. Ihr erledigt das schon."

Mit diesen Worten bewegte sie sich schwankend auf die Treppe zur Wohnung im ersten Stock zu. Belmondo blickte ihr ratlos nach. Kurz darauf war sie verschwunden.

Der Friseur sah, wie Karlo die Notrufnummer wählte und griff wie in Trance nach seinem Glas. Er führte es an die Lippen und wollte gerade einen kräftigen Schluck nehmen.

„Halt!“ Karlos Stimme überschlug sich. „Nicht trinken!“ Er drückte den Notruf wieder weg, sprang auf Belmondo zu und wollte ihm das Glas aus der Hand schlagen. Der Friseur zog das Glas vor seine Brust und wich einen Schritt zurück. Er schaute seinen alten Bekannten verständnislos an.

„Sag mal, spinnst du? Geht's noch? Was ist denn in dich gefahren?“

Karlo deutete auf die tote Dame. „Was glaubst du denn, was da passiert ist?“

„Was meinst du damit?“ Belmondo begriff nicht.

„Na, ein Verkehrsunfall war das nicht.“

„Das seh ich auch“, kam es ätzend zurück. Dann runzelte Belmund Habert die Stirn und schaute ungläubig. „Du meinst doch nicht etwa ...“

„Doch, ich meine. Das sieht stark nach Vergiftung aus.“

Der Friseur stand wie angewurzelt da und starrte Madame von der Schupflohe an.

Dann glotzte er auf das Sektglas, als hielte er eine tote Ratte in der Hand. „Aber – wer soll das getan haben?“

„Ah, ja. Jetzt sind wir wieder unter den Denkenden. Und damit kommen wir zum Kern des Problems. Wer könnte denn Gelegenheit gehabt haben? Ich meine, na ja, außer dir.“

Belmondo ging hoch wie eine Rakete.

„Du glaubst doch nicht ernsthaft, dass ich meine Kundschaft vergifte? Ist es das, was du mir erklären willst?“

„So ein Quatsch. Jetzt beruhige dich mal. Ich versuche lediglich rauszukriegen, was passiert ist. Wer war denn heute schon alles im Laden?“

„Heute? Heute hatte ich erst einen Schnitt. Ein alter Kunde, kommt seit Jahren extra aus Bischofsheim hierher. Der

Name sagt dir vielleicht was: Jörg Stier. Der Apfelweinmacher." Der Haarkünstler schaute auf seine Armbanduhr. „Das war alles. Ist ja auch noch nicht so spät, oder?", fügte er verlegen hinzu.

Karlo schaute seinen alten Freund nachdenklich an. Unwillkürlich wanderte sein Blick zur Treppe, über die Belmunds Frau soeben entschwunden war. Der Friseur sah die Frage in Karlos Augen. Ob er wollte oder nicht, nach und nach formte sich ein unguter Gedanke. Er kämpfte dagegen an und schüttelte den Kopf.

„Nein, Karlo, das kann nicht sein. Du glaubst das doch nicht wirklich." Er unterbrach sich und begann zu flüstern. „Was sollte meine Frau denn für einen Grund haben, die alte Dame zu vergiften?"

„Sag du es mir."

„Das ist doch völliger Quatsch. Nur weil sie ..."

„Weil sie *was*?"

„Na ja, ich gebe zu: Frau von der Schupflohe hat mir, nun, wie soll ich sagen, nachgestellt. Irgendwie dachte sie wohl, ich stünde für ihre absonderlichen Träume zur Verfügung. Hatte ich jedenfalls den Eindruck."

„Und was hat Tanja dazu gesagt?"

Der Friseur lachte bitter auf. „Ja, glaubst du, ich habe ihr davon erzählt? Du weißt doch, wie die Frauen sind. Ich will mich nicht für etwas entschuldigen müssen, das ich nicht getan habe." Er schien nachzudenken. „Na ja, es war wohl nicht zu übersehen", fügte er noch knurrig an. „Vielleicht hat sie doch etwas mitgekriegt." Belmondo wirkte mit einem Mal unsicher, verängstigt oder besser, verzweifelt. Ja, verzweifelt war wohl der richtige Ausdruck. Karlo spann seine Gedanken weiter.

„Und wenn sie doch, sagen wir mal, nachgeholfen hat?"

„Ich kann das nicht glauben, nein, das glaub ich einfach nicht! Warum?"

Karlo zückte wieder sein Handy.

„Dann ruf ich jetzt die Polizei?"

„Halt! Warte!"

Die Verzweiflung verstärkte sich, und Panik zeigte sich im Gesicht des Friseurs. Er wirkte plötzlich gehetzt, in die Enge getrieben.

„Was soll ich denen denn sagen? Dass ich es nicht war? Oder soll ich mir einen Unbekannten aus den Fingern saugen? So eine Scheiße! Was glaubst du denn, was passiert, wenn die Polizei kommt? Morgen steht in allen Zeitungen, dass in meinem Salon die Kunden vergiftet werden. *Der Todessalon.* Du weißt doch, wie das läuft. Nicht nur in der *Blöd*-Zeitung. Da hängen sich dann alle dran. Wenn die mit mir fertig sind, kann ich meinen Laden schließen."

Karlo strich sich durch die Haare. Dann begann er laut zu überlegen.

„Wenn wir bloß wüssten, ob das Gift in der Flasche ist oder nur im Glas. Oder in beiden Gläsern."

„Wenn es in beiden Gläsern wäre, dann müsste es eigentlich auch in der Flasche sein. Aber was helfen uns diese Erkenntnisse?"

„Richtig", fuhr Karlo unbeirrt von der Frage fort. „Und wenn es *nur* im Glas der Frau ist, dann wärst ja *du* der Mörder. Weil außer dir niemand die Gelegenheit hatte, der Frau unbemerkt etwas in ihr Glas zu schütten." Er zögerte kurz und schob dann, als er Belmondos wütenden Gesichtsausdruck sah, nach: „Was du hoffentlich nicht gemacht hast."

„Also müsste es auf jeden Fall in der Flasche gewesen sein“, mutmaßte Belmondo nur wenig ruhiger.

Karlo überlegte. „Wo hast du das Zeug denn her?“

Belmondo erschrak, als er an den einzigen Kunden des heutigen Tages dachte. „Vom Jörg“, erklärte er zögerlich. „Ich krieg meinen Apfelwein von ihm. Und auch diesen Apfelsekt da.“ Er deutete auf das Glas, das immer noch vor der toten Dame stand.

„Dann hat dein Apfelweinmacher den Schwarzen Peter.“

„Wieso das denn?“

„Na, wenn das Gift schon in der Flasche war.“

„Es muss ja nicht von Anfang an in der Flasche gewesen sein.“ Habert runzelte die Stirn. Dann schlug er sich mit der Hand an die Stirn. „Mann, es *kann* ja gar nicht von Anfang an drin gewesen sein!“

„Und warum nicht?“

„Na, weil ich schon gestern aus der Flasche getrunken habe. Und mir ist nichts passiert.“

„Dann war das Gift entweder nie drin oder es ist nachträglich von jemandem hineingetan worden. Wenn es nicht drin war, stehst eben *du* im Verdacht. Aber so weit waren wir ja schon.“

Als Habert böse schaute, ergänzte Karlo schnell: „Bei der Polizei natürlich. Wir beide wissen ja, dass du es nicht warst. Oder? Allerdings: Wenn das Gift in der Flasche drin war, könntest auch du es hineingetan haben, was ich aber nicht glaube, denn sonst hättest du vorhin nicht versucht, davon zu trinken. Dann wäre aber deine Frau höchst verdächtig.“

Einen Moment war es still. Dann meldete sich Belmondo wieder mit heiserer Stimme zu Wort.

„Dann hast du mir vorhin vielleicht das Leben gerettet?"

Karlo grinste matt.

„Kein Problem. Ich hatte gerade nichts anderes zu tun. Immer wieder gerne."

„Aber was machen wir jetzt?"

„Sag du es mir."

„Oh Mann! Ich möchte nicht, dass die Polizei meine Frau verdächtigt. Selbst wenn sie es war, möchte ich das nicht. Und sie war das nicht." Belmondo schaute grimmig. „Wieso denn auch?", fuhr er ungehalten fort, „es kann doch nicht wirklich jemand annehmen, dass ich mit der alten Fregatte etwas angefangen hätte, oder?"

In Karlos Miene blitzte für einen winzigen Moment eine bizarre Mischung aus Spott und Mitleid auf. Dann schüttelte er den Kopf, atmete tief durch und wurde ernst.

„Also was tun wir?"

„Ich habe keine Ahnung. Ich will aber auch nicht, dass die Polizei *mich* verdächtigt. Das hätte mir gerade noch gefehlt. Ich war es nicht. Das weiß ich selbst ja am besten." Belmondo knetete seine Hände und seine Verzweiflung wurde wieder stärker. Eine regelrechte Panikattacke schüttelte ihn durch und er wurde lauter. „Ich habe mir hier was aufgebaut", rief er mit angsterfüllter Stimme. „Ich habe gute Kunden, das ist nicht selbstverständlich heutzutage. Du glaubst doch nicht, dass noch irgendjemand hierher kommt und sich die Haare schneiden lässt, wenn das publik wird. Das kann man nicht unter dem Deckel halten. Einer verplappert sich doch immer." Belmondo verbarg sein Gesicht in den Händen und fing an zu schluchzen.

Karlo kämpfte mit sich. Ein schwerer Kampf in einer verfahrenen Situation. Er wollte seinem Freund gerne helfen. Doch die einzige Lösung, die ihm dazu einfiel, war einfach zu absurd. Darauf konnte, nein, durfte er sich nicht einlassen. Wenn er das tat, und wenn das schiefging, würde es richtigen Ärger geben. Wobei Ärger eine harmlose Umschreibung war.

„Um Himmels willen. Die Tür ist ja noch offen. Ich schließe erst einmal zu“, hörte er die zitterige Stimme des Friseurs. „Nicht auszudenken – stell dir vor, es kommt jetzt noch jemand rein.“

Belmondo brauchte fast eine Minute, um den Eingang zu verschließen, so sehr zitterten ihm die Hände.

„Was soll ich nur tun?“ Er schaute Karlo mit flackernden Augen an, verlor völlig die Kontrolle, fing an, sich mit den Fäusten selbst ins Gesicht zu schlagen.

Karlo erschrak, als er den Zustand seines Freundes bemerkte. Er ging auf ihn zu, packte ihn an den Schultern und schüttelte ihn kräftig. „Jetzt nimm dich zusammen, verflucht noch mal“, schrie er. „So kommen wir nicht weiter.“ Dann schob er Belmondo zu der kleinen Bank, die für wartende Kunden bereitstand. Die Würfel waren gefallen.

„Setz dich“, befahl er. „Hat jemand gesehen, dass sie hier reingekommen ist?“

Vornübergebeugt mit hängenden Schultern fing Belmondo wieder an zu schluchzen. „Woher soll ich das wissen?“

Karlo seufzte resigniert.

Belmondos Frisiersalon,
Antoniterstraße in Frankfurt-Höchst
Mittwoch, 16. Oktober

10

Der Versuch, die Hals über Kopf in einen alten Teppich eingerollte Madame von der Schupflohe im Seitenwagen des DDR-Klassikers unterzubringen, scheiterte. Die makabre Fracht passte einfach nicht unauffällig genug in den Beiwagen. Karlo hegte daher die Befürchtung, dass wegen der waghalsigen Beladung eine Polizeistreife auf den Transport aufmerksam werden könnte.

An dieser Stelle kamen Karlo wieder Bedenken.

Auch Belmondo wirkte übernervös. „Was machen wir jetzt? Oh, verdammter Mist!"

Karlo überlegte nicht lange, dann glaubte er, die Lösung zu kennen. „Wir setzen sie einfach so in den Seitenwagen. Das fällt am wenigsten auf. Wenn ich bloß noch einen zweiten Helm hätte. Das würde es einfacher machen."

„Einen Helm?", presste Belmondo hervor. „Kein Problem. Ich habe einen Helm." Er wandte sich ab und lief zur Treppe. „Einen Moment nur", rief er noch eifrig über die Schulter zurück.

Karlo staunte nicht schlecht, als Belmondo zurückkam. Dann musste er trotz der makabren Situation grinsen. Der Friseur schwenkte einen Jethelm in der Luft hin und her, lackiert in den Farben der amerikanischen Flagge. Ein wenig

Spott schwang in Karlos Stimme, als er seinen Kommentar zu dem schönen Stück abgab.

„Easy Rider lässt grüßen, was? Ist der auch von Peter Fonda signiert?"

Belmondo schaute verstimmt. „Den hab ich schon seit über vierzig Jahren" maulte er. „Hab damals 'ne Hercules gefahren. Der Tank war genauso lackiert wie der Helm auch. Tolles Ding. Da haben die Weiber voll drauf gestanden, sag ich dir. Das waren noch Zeiten."

„Los jetzt! Schluss mit dem Gequatsche." Karlo wurde wieder nervös. Die beiden gingen zurück auf den Hof, wo das Gespann wartete. Und Madame von der Schupflohe, noch im Teppich eingerollt.

Karlos Nervosität war berechtigt. Es erwies sich als nicht ganz einfach, der toten Sozia eine glaubwürdige Haltung im Beiwagen zu verschaffen. Denn kaum hatte man sie in das Polster gelehnt, rutschte sie auch schon schlaff nach unten Richtung Fußraum.

„Gib mir deinen Gürtel."

„Was?"

„Deinen Gürtel, verdammt. Irgendwie muss ich sie festmachen."

„Du spinnst wohl. Mein teurer Krokoledergürtel."

„Du kriegst ihn ja wieder."

Belmondo fixierte die Leiche angewidert.

„Wenn ich ihn dann noch will."

„Nun mach schon."

Auch Karlo zog seinen Gürtel aus und verband die beiden Lederstreifen mit der Schließe. Er zog das Konstrukt durch den hinteren Bügel des Gepäckträgers, der sich auf dem Kofferraumdeckel des Seitenwagens befand. Mit einigem Grausen führte er die Halterung unter dem Felljäckchen hindurch direkt unter die Achseln der Leiche und zog unterhalb der noch erstaunlich gut erhaltenen Brüste mit der anderen Schließe zu. *Silikon?*, schoss es Karlo durch den Kopf. Totes Material in einem toten Körper. Ihm wurde schlecht.

An dieser Stelle kamen Karlo erneut Bedenken.

Die Leiche aber saß einigermaßen fest, wenn er es in den Kurven nicht übertrieb. Was er sowieso nicht vorhatte.

Der Helm passte wie angegossen.

Karlo schaute plötzlich hektisch auf die Uhr. Seine Verabredung mit Jeannette! Das hatte er in der Hitze des Gefechts völlig verdrängt. Er griff zum Handy wählte die Nummer seiner Ex-Freundin. Hoffentlich wurde sie nicht böse, wenn er versuchte ihr beizubringen, dass er heute Abend etwas später kommen würde.

Nun, es kommt wie es kommt, und diesmal kam eben alles ziemlich dumm.

Eigentlich wie immer.

„Bleib bitte beim Telefon!“, hatte Karlo den Friseur beschworen und war losgefahren.

Während der Fahrt warf er ab und zu einen ängstlichen Blick auf seinen Passagier, aber Belmondos Krokoledergürtel schien wie geschaffen, um weibliche Leichen in einem Beiwagen zu fixieren. Er bog in die Gotenstraße ein, um zur Autobahn zu gelangen. Nach ein paar hundert Metern bremste er vorsichtig vor einer roten Ampel. Ein Schauer lief ihm über den Rücken. Die Temperaturen waren in den letzten Tagen stark gesunken. Normalerweise war er nicht empfindlich, doch die Umstände verstärkten sein Frösteln. Unruhig schaute er in den Rückspiegel. Keine Polizei, wenigstens etwas. Er schaute nach rechts. Ein kleiner roter Sportwagen fiel ihm ins Auge. „Schönes Wägelchen", dachte er noch, bevor er seinen Blick auf die andere Seite lenkte. Eine Haustür öffnete sich und ein Mann trat auf die Straße. Er wirkte ein wenig blass und ziemlich gestresst. Mit der rechten Hand fuhr er sich durch seine Haare. Im selben Moment schaltete die Ampel um und Karlo fuhr los.

Schon fast in Fechenheim angekommen, erschien ihm wieder der blasse Mann vor seinem geistigen Auge. Zum wiederholten Mal übrigens, seit er bei Höchst auf die Autobahn aufgefahren war. Es war, als wolle dieser Mann ihm etwas sagen, er war sich plötzlich sicher, den Mann zu kennen. Aber woher bloß, woher?

Doch momentan plagten Karlo andere Sorgen, und er musste zugeben, dass er keine Ahnung hatte, was er mit der alten Dame anstellen sollte. Auf was hatte er sich da nur wieder eingelassen?

Mit völliger Leere im Kopf bog er nun auf die Hanauer Landstraße ein. Ganz ohne eine rationale Begründung dafür zu haben.

Auch als er die Adam-Opel-Straße in Fechenheim erreicht hatte, war ihm noch nichts eingefallen, das ihn mit seiner leblosen Fracht auch nur einen Schritt aus dem Dilemma führen könnte.

In diesem Moment bemerkte er den Polizeiwagen, der ihm entgegenkam.

–

Der Streifenpolizist Dietmar Hund war müde. Gestern war es spät geworden und die Zeit bis Dienstschluss wollte heute einfach nicht enden. Er hoffte auf einen ruhigen Tag. Plötzlich wurde er wach. Er stieß seinen Kollegen mit dem Ellenbogen in die Seite. „Guck mal, da vorne, wer da angerattert kommt!“, rief er aufgeregt.

„Ach!“, freute sich Manfred Haffmann. „Unser gemeinsamer Freund. Auf seinem DDR-Schrotthaufen. Na, das Ding ist doch immer für eine Mängelanzeige gut.“

Knatternd passierte Karlos Gespann den Streifenwagen. Dietmar Hund und Manfred Haffmann schauten sich vielsagend an. Die beiden Streifenbeamten hatten Karlo schon lange auf dem Kieker. Bereits etliche Male war es zu Konfrontationen gekommen, und nicht immer hatten die beiden Polizisten dabei gut ausgesehen. Dementsprechend vergiftet war das Verhältnis zu Karlo Kölner.

„Dann dreh mal. Nix wie hinterher“, feixte Haffmann.

„Dann wollen wir ihn mal in die *Mängel*, äh, ich meine natürlich *Mangel*, nehmen“, erwiderte Hund und kicherte leise über sein schales Witzchen.

Karlo schlug das Herz bis zum Hals, als der Polizeiwagen ihn überholte und langsam ausbremste.

„Ach, du liebe Scheiße“, raunte Haffmann seinem großgewachsenen Kollegen über das Autodach zu, nachdem er ausgestiegen war. „Schau doch mal, was unser Freund da für eine kaputte Alte abgeschleppt hat. Das ist ja gruselig. Guck dir bloß das Jäckchen an. Boah, es geht offensichtlich rapide bergab mit unserem Freund“, freute er sich hämisch. Dann nahm er Haltung an und wurde streng dienstlich.

„Fahrzeugkontrolle. Bitte mal den Motor abstellen, Papiere, Personalausweis", schnarrte er unwirsch. „Auch wenn die Kiste danach nicht mehr anspringt", ergänzte Kollege Hund leise kichernd und rieb sich die Hände, als er auf den Seitenwagen zuging.

Karlos Nerven waren zum Zerreißen gespannt. Viel näher durften die Beamten nicht kommen, sonst würden sie die Bescherung sehen, so viel war klar. Der Motor lief noch, und Karlo hatte auch keineswegs die Absicht, ihn auszuschalten. Er musste weg von hier – koste es, was es wolle. Er überlegte nur noch, ob er auf der Stelle mit Schwung drehen oder am Funkwagen vorbei Richtung Fechenheim fliehen sollte. Er beschloss, dass er mit dem Gespann schneller drehen konnte als der behäbige Polizeiwagen, spannte die Muskeln und spielte hektisch am Gas.

Haffmann bemerke, dass Karlo nervös war. Sehr nervös. Er konnte sich nicht erklären, warum, aber er spürte, dass etwas nicht in Ordnung war. Ganz und gar nicht in Ordnung. Er schaute zum Seitenwagen. Die Frau rührte sich nicht. Sie wirkte völlig unbeteiligt.

Dietmar Hund war in der Zwischenzeit neben den Seitenwagen getreten und besah sich Karlos Fahrgast. Puh, die Frau war ja noch bizarrer zurechtgemacht, als es aus der Distanz ausgesehen hatte.

Zu Karlos Entsetzen sprach der Polizist die Frau direkt an. „Personenkontrolle", befahl er schroff. „Ihren Personalausweis, bitte."

Die Frau saß still und starr.

Haffmann stand mittlerweile direkt vor dem Vorderrad. An ein Wegfahren war nicht mehr zu denken.

„Hier stimmt doch was nicht, Kölner" blaffte er. „Mach endlich den Motor aus."

„Hallo Verehrteste“, vernahm Karlo bestürzt von rechts. „He, aufwachen. Sagen Sie, haben Sie vielleicht Alkohol konsumiert? Oder Drogen?“

Die Frau saß stumm und ließ den Kopf hängen.

Karlo schielte zu dem großgewachsenen blonden Beamten. Dietmar Hund schickte sich an, Frau von der Schupflohe mit der Hand anzustupsen. Karlo wurde schlecht.

Jetzt hatten sie ihn!

In diesem Moment meldete sich das Funkgerät.

„Unfall vor der Carl-Ulrich-Brücke auf der Dieburger Straße. Es haben sich drei Autos verkeilt. Kam wohl einer aus der Zufahrt zum Ruderverein Undine rausgeschossen. Wir haben schon Stau bis zum Abzweig Starkenburger Straße. Kümmert ihr euch drum? Aber schnell, bitte. Es eilt. Der Krankenwagen ist unterwegs.“

„Das ist doch zum Kotzen!“ Haffmann schlug sich mit der Faust in die Handfläche, dass es klatschte. Er winkte seinem Kollegen, dann drehte er ab. Ein letzter spöttischer Blick flog über seine Schulter zur immer noch regungslosen Frau im Seitenwagen. „Dann mal viel Spaß heute Abend, ihr beiden! Wir sehen uns noch.“

–

An diesem Tag hatte Belmondo seinen Salon nicht wieder geöffnet. Zu sehr hatten ihn die Ereignisse mitgenommen. Auch seine Frau Tanja hatte keinerlei Lust verspürt auf Kundenkontakt und belanglosen Smalltalk. *„Erzähl das doch deinem Friseur.“* Diese flapsig gemeinte Empfehlung nahmen sich einige Kunden schon sehr zu Herzen. Belmondo hatte durchaus ein beträchtliches Talent, sich auf das Gesprächsniveau des jeweiligen Kunden einzustellen. Das hakte er unter Berufsrisiko ab. Und er hatte, zur Auflockerung, das eine oder andere schmutzige Witzchen auf Lager. Doch heute fehlte ihm selbst dazu der Nerv, und so ließ er das „Geschlossen"-Schild an der Tür hängen.

Verständlicherweise.

Und so hatten Belmondo und seine Frau wieder einmal ausreichend Zeit für einen kleinen Streit. Es begann damit, dass Tanja auf dem Boden des Friseursalons einen angebissenen Apfel fand.

„Es wäre schön, wenn du deine Lebensmittel, die du nicht mehr essen willst, nicht hier auf den Boden schmeißt wie so ein Proll. Du musst ja hier nicht saubermachen."

„Was soll denn das jetzt wieder heißen?"

„Wenn du unbedingt im Salon Äpfel essen musst, dann schmeiß die Reste wenigstens in den Mülleimer. Oder ist das zu viel verlangt?"

Die Nerven von Tanja Habert lagen blank und Belmondo konnte das unter den gegebenen Umständen auch gut verstehen. Das mit diesem Apfel verstand er aber ganz und gar nicht.

„Bitte?", fragte er verwundert nach. „Was für ein Apfel? Ich habe keinen Apfel geegssen!"

Mit hochrotem Kopf hob Tanja den Deckel des Mülleimers hoch, langte hinein und holte den zu einem Drittel verzehrten Apfel heraus.

„Hier. Bitte. Was würdest du sagen, ist das?"

„Ein Apfel. Noch dazu angebissen. Und?"

Belmondo wurde langsam ärgerlich. Er verstand die Nervosität seiner Frau durchaus. Doch wegen dieses verdammten Apfels wollte er sich nicht niedermachen lassen. Leiche hin,

Leiche her. Ein leichtes kehliges Grollen kündigte einen angemessenen Wutausbruch des im Großen und Ganzen friedfertigen Haarkünstlers an. Doch bevor er etwas tun oder brüllen konnte, das ihm später bestimmt leid getan hätte, klingelte das Telefon. Zuerst erwog er, nicht dranzugehen. Dann fielen ihm Karlos Worte ein, er solle am Telefon bleiben. Er griff entnervt zum Hörer.

„Ja?!“

Ein Teil der in ihm angestauten Wut lag noch in dieser Silbe, als er sie in den Hörer bellte. Karlo überhörte die schlechten Vibrationen und kam gleich zur Sache.

„Belmund, es gab einen – na, ja, sagen wir mal: einen Zwischenfall. Wir müssen es anders handhaben. Es ist sonst zu heikel für mich.“

Der Friseur wollte ihm ins Wort fallen, doch Karlo würgte ihn einfach ab. „Nein, Belmund. Hör mir bitte zu. Ich komme jetzt wieder zurück. Wir besprechen alles vor Ort. Lasst den Laden für heute zu und wartet auf mich. Und hör mal: Ihr habt doch hoffentlich die Sektflasche und die Gläser noch nicht entsorgt? Die müsst ihr unbedingt stehen lassen. Sonst wird die Polizei stutzig. Ihr habt doch wirklich nichts damit zu tun, oder? Dann bis gleich.“

Als Karlo wieder mit der Leiche im Seitenwagen im Hof stand, hatte Belmondos Frau einen kleinen spitzen Schrei ausgestoßen. Karlo hatte in aller Eile von seinem Zusammentreffen mit der Polizei berichtet. Und seinem ausgefallenen Verhältnis zu den beiden Fechenheimer Polizisten. Was Belmondos Begeisterung nicht verstärkte. Karlo versuchte zu erklären.

„Was denkt ihr denn? Meine Bullenfreunde vergessen die

Frau im Seitenwagen doch nicht. Wenn die irgendwo gefunden wird und die beiden kriegen das mit – logisch, dass die sich sofort an die Frau erinnern. Ihre Aufmachung ist ja nicht unbedingt Standard. Wir setzen sie jetzt wieder dahin, wo sie gesessen hat. Dann rufen wir die Polizei. So, wie wir es gleich hätten machen sollen." Er starrte Belmondo beschwörend an. „Dann erzählst du einfach, wie es war. Bis auf den Leichentransport natürlich. Was soll schon passieren?"

Tanja saß mittlerweile in der Herrenabteilung zusammengesunken in einem der beiden Sessel. Der Peter-Fonda-Gedächtnishelm hatte den blondierten Schopf wieder freigegeben und lag auf dem Kassentresen.

Belmondo blickte unsicher um sich. Dann senkte er die Stimme: „Und wenn meine Frau doch ..."

„Mensch, Belmund. Denk doch mal nach. Das ist doch absoluter Quatsch."

„Kann ja sein, ja, du hast recht. Aber dann ist auch Quatsch, was du gerade vorhast. Wenn die beiden Streifenpolizisten sich daran erinnern, wenn sie *irgendwo* gefunden wird und sie das zufällig mitbekommen, dann erinnern sie sich auch daran, wenn sie davon erfahren, dass sie *hier* tot aufgefunden wurde."

Karlo bekam Augen wie eine ungemolkene Kuh.

„Scheiße! Das stimmt!"

Er überlegte fieberhaft. Dann riss er die Augen auf.

„Na, dann ist sie eben etwas später gestorben."

„Kann man den Todeszeitpunkt nicht feststellen?"

„Natürlich kann man das!" Tanja Haberts hysterische Stimme gellte den beiden Männern in den Ohren. „Die werden alles rauskriegen. Alles. Und dann wandern wir in den Knast. Außerdem habe ich das eben gehört, Belmund. Du willst mich wirklich verdächtigen? Aus was willst du dich da rauswinden?" Tanja war außer sich. „Ein Mann, der seine angefressenen Äpfel hier auf den Boden wirft, sollte aufpassen, was er sagt", giftete sie noch hinterher.

„Jetzt bleibt doch mal ganz ruhig." Karlo versuchte, die Situation zu beruhigen. „Zum letzten Mal: Ihr habt doch nichts gemacht. Oder?"

Ein heftiges Kopfschütteln der beiden war die Folge.

„Gut! Dann ruft ihr jetzt die Polizei. Und erzählt ganz genau, wie alles abgelaufen ist. Es ist eben alles nur ein paar Stunden später passiert. Und wenn dann Fragen aufkommen, sagt ihr mir Bescheid. Ich lasse mir dann was einfallen. Ihr könnt euch auf mich verlassen. Ganz fest versprochen. Ich lasse euch schon nicht hängen."

„Hmm", brummte der Friseur unsicher. „Dein Wort in Gottes Ohr. Gut, dann ruf ich jetzt die 110 an." Belmondo hatte sein Telefon schon in der Hand. Bevor er wählte, wandte er sich an Karlo.

„Und du? Was machst du jetzt?"

„Na, ich verschwinde natürlich. Was denn sonst?"

„Aber wir könnten doch alles so darstellen, wie es wirklich gewesen ist. Du bist hereingekommen und hast sie gefunden. Dann kam Tanja runter und wollte sich um die Kundin kümmern."

„Ich habe es euch doch schon erklärt", unterbrach ihn Karlo. „Wenn zufällig die beiden Streifenhörnchen davon erfahren und sich an die Frau in meinem Seitenwagen erinnern, wäre das nicht so gut. Es ist sicher besser für mich, jetzt erst einmal nicht in Erscheinung zu treten. Außerdem", Karlo schaute treuherzig in die Runde, „außerdem hab ich gleich ein Date mit Jeannette. Ich vermute, sie hat vor, sich wieder mit mir zu versöhnen. Wär mir nicht ganz unwichtig."

Er schaute nervös auf seine Uhr. „Wird Zeit, dass ich mich vom Acker mache. Sonst schaffe ich das nicht mehr. Will mich wenigstens noch umziehen. Wir telefonieren morgen, wie alles gelaufen ist."

Belmondo war alles andere als überzeugt.

„Wusste gar nicht, dass ihr nicht mehr zusammen wart", wunderte er sich. Dann siegte sein Berufsstolz, und er musterte Karlos zerzauste Haare fachmännisch. Er ließ den Anblick einen Moment auf sich wirken, bis er schließlich spöttisch den Mund verzog. „Deine Frisur sieht aber nicht so aus, als ob dir was am Ergebnis des Treffens liegen würde", warf er Karlo grinsend hin.

„Was glaubst du denn, warum ich hergekommen bin? Wegen deiner wunderschönen Augen? Aber nein, beim großen Meister müssen ja unbedingt Leichen im Salon herumsitzen."

Ein Schatten huschte über das Gesicht des Friseurs. Es schien, als wolle sich seine schon überwunden geglaubte Panik wieder einstellen. Doch unvermittelt riss er sich zusammen. Er schlüpfte hinter die Kassentheke, ritzte einen der Kartons mit Stiers Apfelsekt auf, entnahm eine Flasche und drückte sie dem verblüfften Karlo in die Hand.

„Hier! Damit du wenigstens nicht mit leeren Händen vor der Tür stehst. Und besorg noch ein paar Blumen. Das kommt immer gut an bei den Mädels. Und nicht von der Tanke, hörst du? Das merkt sie nämlich. Müssen ja nicht gerade weiße Lilien sein", bemühte er seinen Galgenhumor. „Was ist los? Hau schon ab, ich rufe jetzt die Polizei."

„Vielen Dank, du Frauenversteher." Karlo verneigte sich mit ironischer Geste.

Belmondos Frau war mittlerweile wieder nach oben gegangen. Karlo zögerte, dann legte er den Zeigefinger an die Nase und runzelte die Stirn. „Sag mal, Belmund, was war das vorhin eigentlich mit diesem Apfel? Was hat Tanja damit gemeint?"

„Ach, gar nichts", reagierte Belmondo ärgerlich. „Sie regt sich jetzt eben über jede Kleinigkeit auf. Ist ja auch verständlich. Die Nerven. Das hat gar nichts zu sagen."

„Erklär es mir trotzdem."

„Das ist ein reiner Blödsinn. Tanja hat auf dem Fußboden einen angebissenen Apfel gefunden. Und dann behauptet, *ich* hätte ihn da hingeworfen."

„So. Und? Hast du?"

„Quatsch. Wozu besitze ich einen Abfalleimer?"

„Ja, da hast du recht. Aber wo kam der Apfel her?"

„Woher soll ich das wissen? Von mir jedenfalls nicht. Ist auch völlig egal. Wir haben gerade andere Sorgen, oder?"

„Ja. Da hast du eigentlich recht. Na, dann."

Karlo zögerte noch einige Sekunden, dann gab er sich einen Ruck, klemmte die Flasche unter den Arm und wandte sich zum Gehen. Er war schon an der Tür, da drehte er sich noch einmal um. Ein Gedanke war ihm in den Kopf geschossen. „Nein. Du ruftst nicht die Polizei", befahl er Belmondo energisch. „Ruf einen Notarztwagen. Das ergibt mehr Sinn." Er schaute verschmitzt. „Ihr habt die Frau doch gerade eben erst gefunden, ist doch so? Außerdem seid ihr Friseure, keine Mediziner. Wie sollt ihr denn eine Vergiftung erkennen? Und seid ihr überhaupt sicher, dass sie tot ist? Was ist? Warum schaust du mich so an?"

In diesem Moment bekam Karlo einen Schreck. Etwas hatte er noch vergessen. Die Handtasche! Im Seitenwagen lag noch die Handtsche der Frau. Na, das wäre beinahe schiefgegangen. „Einen Moment noch“, rief er Belmondo im Hinauslaufen zu. Kurz darauf war er mit Frau von der Schupflohes roter Handtasche zurück und stellte sie auf die Ablage vor dem großen Spiegel.

Karlo blieb noch stehen, bis Belmondo den Krankenwagen gerufen hatte. Dann stieg er auf seinen Leichentransporter und machte sich mit gemischten Gefühlen auf den Heimweg.

–

Die Polizei erschien dann doch. Der Notarzt war zwar als Erster vor Ort, wusste aber genau, wie man eine Vergiftung erkennt. Durch die Meldung des verdächtigen Todesfalles bei der Polizei unterbrach der Mediziner einen schweren hypochondrischen Schub des Hauptkommissars Schönhals. Dieser war soeben im Begriff, seinem Kollegen Kommissar Reichard den medizinisch niederschmetternden Befund eines gerade durchlittenen Hustenanfalls in allen Einzelheiten zu erläutern.

Reichard hatte sich rein dienstlich mit dem eingebildeten Kranken arrangiert. Sein neuer Chef war kein schlechter Polizist. Doch die ständig neuen Geschichten bezüglich dessen lebensbedrohlicher Krankheiten waren schwer zu verkraften. Zumal der eine oder andere Krankenstand aus der Kategorie „Psychosomatik“ dabei nicht selten war.

Als Schönhals von der vergifteten Leiche im Friseursalon erfuhr, blieben ihm seine selbstdiagnostischen Laienspiele derart im Halse stecken, dass er einen echten Hustenanfall bekam.

Harald Reichard schüttelte den Kopf über die erneute Demonstration körperlichen Verfalls. Immer noch trauerte er seinem alten Chef Georg Gehring nach. Das waren noch Zeiten. Und wie so oft erinnerte er sich wehmütig an einige der haarsträubenden Fälle, die sie zusammen gelöst hatten. Und sofort musste er an Karlo Kölner denken. Gerade vor kurzem hatten sie sich noch unterhalten, bei der Feier seines ehemaligen Chefs. Karlo Kölner, der Mann, der öfter maßgeblichen Anteil an der Eskalation einiger dieser Fälle gehabt hatte. Karlo Kölner, der geläuterte Ex-Knacki, immer auf der Suche nach seinem eigentlichen Leben. Aber – das musste Reichard zugeben – Kölner war kein übler Kerl und zumeist an der Aufklärung dieser Fälle nicht unerheblich beteiligt gewesen. Einmal hatte er sogar das Leben von Martina, Gehrings Frau, gerettet. Das würde ihm Gehring wohl nie vergessen.

Keine Frage, Reichard fand das alles sehr ehrenhaft. Er fand aber auch, dass der zwar liebenswerte, jedoch extrem chaotische Karlo ihm nicht allzu oft in seine Ermittlungen stolpern sollte.

Reichards Gedanken kreisten weiter, und Karlo Kölner verschwand aus seinem Kopf, wie er hineingekommen war. Martina, die nette Gattin seines Ex-Chefs projizierte sich auf seine geistige Leinwand. Und die Erbschaft, die sie gemacht hatte. Die dazu geführt hatte, dass Gehring zum Privatier geworden war. Und indirekt auch dazu, dass sein Ex-Chef nun doch wieder im kriminellen Sumpf zu schnüffeln begann. Wenn auch nicht mehr bei der Polizei. Nun, als privater Ermittler konnte er sich seine Fälle aussuchen, das hatte schon etwas für sich.

Reichard fühlte sich bestätigt, denn schon der lockere

Kontakt, den er zu Gehring seit dessen Ausscheiden bei der Polizei pflegte, hatte ihn spüren lassen, wie sehr sein einstiger Kollege die Polizeiarbeit vermisste.

Eine halbe Stunde später spürte Reichard wieder etwas. Er spürte, dass etwas nicht stimmte. Denn nun bestaunten er und Schönhals die skurrile Figur Madame von der Schupflohes, die zusammengesunken in einem Friseursessel saß und lauschten dem stockenden Bericht von Belmund Habert und seiner Frau Tanja.

Den Eindruck, dass etwas nicht stimmte, hatte der Kommissar sofort. Noch bevor die erste Frage gestellt worden war. Beim Betreten des Salons war Reichard etwas aufgefallen, das im Salon wie ein Fremdkörper wirkte. Der Anblick der Leiche jedoch verdrängte diesen Eindruck erst einmal.

„Wie viele Kunden waren denn heute hier?"

Hauptkommissar Schönhals hatte sich an den fahrig wirkenden Haarkünstler gewandt.

„Eigentlich nur einer, ein Stammkunde. Und eben die Frau. Heute war noch nicht viel los."

„Wann war das?"

„So um die Mittagszeit."

„Und als die Frau kam, war Ihr Stammkunde schon weg?"

„Ja, schon. Sie kam nach ihm in den Salon."

„Kennen Sie Name und Adresse des Kunden?"

„Die genaue Adresse habe ich jetzt nicht im Kopf. Aber der Herr Stier ist Inhaber einer Apfelwein-Kelterei in Maintal-Bischofsheim."

Schönhals schaute argwöhnisch. „Und da nimmt er den ganzen Weg bis nach Höchst in Kauf, nur um sich die Haare schneiden zu lassen?"

„Oh, Sie würden sich wundern. Da gibt es einige, die mich von früher aus Fechenheim kennen und die regelmäßig vorbeischauen."

Schönhals nahm das so hin. Erst einmal.

Unglücklicherweise schilderte Belmondo noch, wie der Apfelweinproduzent eigentlich schon weg war, dann aber noch die Kiste mit dem Apfelsekt geholt hatte.

Jemand von der Spurensicherung hatte das mitbekommen und sich dann erkundigt, ob die fehlende Apfelsekt-Flasche in der geöffneten Kiste hinter der Kassentheke identisch mit der angebrochenen Flasche war, aus der Belmondo für die tote Dame eingeschenkt hatte. Der Friseur konnte dass verneinen, jedoch war daraufhin Tanja Habert in der Aufregung unbedachterweise der Name „Karlo" herausgerutscht, der ja die fehlende Flasche geschenkt bekommen hatte.

„Karlo? Was soll das heißen?" Kommissar Reichard war auf der Stelle herumgefahren wie von einer Sprungfeder angetrieben.

Tanjas Kopf färbte sich hochrot, als sie ihren Fehler bemerkte, sie sah den eindringlichen Blick ihres Mannes und fing an, verkrampft und ausgiebigst zu husten.

Hauptkommissar Schönhals blickte seine vermeintliche Leidensgenossin in puncto Atemwegserkrankung interessiert an, doch bevor er sie nach Herkunft und eventueller Medikation dieser akuten Unpässlichkeit befragen konnte, stieß Reichard mit zusammengekniffenen Augen noch einmal hervor: „Karlo? Welcher Karlo?"

Tanja wandte den Blick von ihrem Mann ab. Ihre Antwort klang wie ein Echo. „Karlo? Welcher Karlo?"

Reichard schaute die Friseurin lauernd an.

„Sie hatten eben *Karlo* gesagt!"

„Oh, wirklich, habe ich das? Nein, da müssen Sie sich täuschen. Ich habe gehustet. Verzeihen Sie, ich bin wirklich etwas durcheinander."

„Ich bin doch nicht schwerhörig." Reichards Misstrauen war mit Händen zu greifen.

„Warum in aller Welt sollte ich *Karlo* sagen?"

„Weil Sie mir damit etwas sagen wollten?"

„Was sollte ich Ihnen sagen wollen? Ich *habe* Ihnen alles gesagt." Der Klang ihrer Stimme bekam einen leiernden Ton, als sie anhob: „Also, nochmal: Ich kam in den Salon, sah die Frau, habe bemerkt, dass etwas nicht stimmt mit ihr und benachrichtigte einen Notarzt." Dann fügte sie bissig hinzu: „Da war doch nichts Falsches dran, oder?" Mit einer Mischung aus Empörung und Neugier sah sie den Polizisten an. „Und was soll jetzt sein mit diesem, wie heißt er, Kato?"

„Karlo."

„Was?"

„Karlo heißt der Kerl."

„*Welcher Kerl* heißt Karlo?"

„Na, der Mann, der ..." Reichard war verwirrt und brach ab. Er hatte den Faden verloren. Und er fing an zu zweifeln. Bestimmt hatte er sich doch verhört. Möglicherweise wirkten seine Gedanken noch nach, die ihm Karlo Kölner heute Nachmittag vorübergehend ins Bewusstsein getragen hatten.

Schönhals war auf das kleine Wortgefecht aufmerksam geworden und schaute seinen Kollegen nun mit mäßigem Interesse an. „Kato? Wer soll das sein? Ist da was an mir vorbeigegangen?"

„Nicht *Kato*“, Reichard verdrehte die Augen. „*Karlo*“, begann er wieder, dann winkte er ab. „Ach, ist ja auch egal. Nein, Chef. Es ist nichts. Ich habe mich ganz einfach getäuscht. Tut mir leid.“

Mit gerunzelter Stirn registrierte er dann, wie sich sein Chef mit einer fürsorglichen Geste Belmondos Frau zuwandte: „Ihr Husten, der hört sich aber gar nicht gut an. Sie sollten damit schnellstens zum Arzt gehen. Nehmen Sie schon etwas dagegen?“

Belmondos Frisiersalon,
Antoniterstraße, Frankfurt-Höchst
Mittwoch, 16. Oktober

11

„Marie-Eleonore von der Schupflohe", buchstabierte Kommissar Reichard einige Minuten später, als er den Personalausweis in der Hand hielt. „Sie ist in der Peter-Bied-Straße gemeldet." Er schaute fragend in die Runde. „Wo zum Teufel ist das denn?"

Belmondo hob den Kopf. „Das ist in Unterliederbach. Gar nicht weit weg. Von hier aus gesehen zwei Straßen hinter dem Bahnhof."

„Woher weißt du das so genau?" Mit zusammengepressten Lippen beäugte Tanja ihren Mann. Das misstrauische Gesicht der Friseurin blieb Hauptkommissar Schönhals nicht verborgen. Er richtete sich an Belmondo. „Kennen Sie die Frau näher?"

„Ich?"

Belmondo fasste sich mit beiden Händen an die Brust und riss die Augen auf.

„Ja, Sie! Wer sonst? Und?"

„Na ja, wie ein Friseur jemanden eben kennt. Sie kam regelmäßig vorbei, um sich die Haare machen zu lassen. Das ist mein Job."

„Das war alles?"

„Ja. Natürlich. Was sollte denn noch sein?"

Schönhals streifte Frau Habert mit einem bedeutsamen Blick, ließ es zunächst aber dabei bewenden. Harald Reichard verzog das Gesicht und musterte die strohähnliche Haarpracht der toten Frau. Das Tragen von Belmund Haberts Helm hatte der Frisur den Rest gegeben.

Der Kommissar ließ die Andeutung eines Lachers hören. „Na, heute kam es wohl nicht mehr dazu."

„Was soll das denn nun heißen?" Belmondo hatte die Frage völlig missdeutet und klang ziemlich ärgerlich.

Reichard nickte in Richtung der Toten. „Nun, diese Frisur sieht nicht aus, als hätte sich heute ein Fachmann damit beschäftigt."

„Ich habe eben keinen Sinn darin gesehen, einer toten Dame noch eine frische Dauerwelle zu verpassen" Belmondo war genervt und wurde zynisch.

Reichard senkte den Blick und atmete tief durch. Schönhals fasste ihn bei der Schulter. In der anderen Hand schwenkte er ein Schlüsselmäppchen „Kommen Sie. Hier sind wir erst einmal durch. Wir sehen uns die Wohnung der Toten an."

Kurz vor dem Verlassen des Salons zögerte Reichard. Er horchte in sich hinein. Da war doch etwas gewesen, erinnerte er sich. Schon beim Hereinkommen hatte er das Gefühl gehabt. Die Skurrilität der Situation hatte ihn abgelenkt. Unwillkürlich schaute er noch einmal in die Runde. Als er sich wieder der Tür zuwenden wollte, bemerkte er es. Natürlich, das war es.

Der Helm!

„Ach, Herr Habert. Noch eine Frage."

„Ja?"

Reichard wies zum Kassentresen, auf dem der Helm lag. „Fahren Sie Motorrad? Oder brauchen Sie den zum Haareschneiden?"

Belmund Habert wurde rot. „Äh, ja, ja, ich meine, nein. Das ist schon ewig her. Ich habe einmal eine Hercules gehabt", erklärte er eifrig. „Was glauben Sie, wie die Mädels auf die Karre standen. Wir sind damals ..."

Ein ärgerlicher Blick seiner Frau ließ ihn verstummen. „Ist wirklich lange her", fügte er mit entschuldigender Geste an und schaute dabei betreten auf seine Schuhspitzen.

Tanja Habert wirkte nicht überzeugt.

Reichard gab einem Mann von der Spurensicherung ein Zeichen, der nickte, und die Kommissare verließen den Salon.

–

Das eingeschossige Haus in Unterliederbach wirkte nobel. Sehr nobel. Es entsprach in etwa den Erwartungen, die der ausladende Name „Marie-Eleonore von der Schupflohe" bei den meisten Menschen erwecken würde. Das ganze Anwesen wirkte sehr gepflegt, und der etwa sechs Meter lange Weg, der durch den Vorgarten zum Haus führte, war mit teuren Natursteinen gepflastert. Zur Straße hin wurde der Zugang von einem schmiedeeisernen Tor verwehrt. An der Natursteinmauer rechts daneben waren die Klingeln, eine Sprechanlage und die Briefkästen angebracht.

Das Haus selbst war in zwei Wohnungen aufgeteilt. Auf dem Klingelschild für das Erdgeschoss stand der Name *Dressler*. Darüber, neben der zweiten Klingel, konnte man den Namen *v. d. Schupflohe* lesen.

Schönhals legte den Finger auf die obere Klingel. Als sich

nach dem dritten Läuten niemand gemeldet hatte, versuchte er es unten.

Es dauerte nur wenige Sekunden, dann öffnete sich die Eingangstür des Hauses. Ein Mann mittleren Alters trat heraus. Sein Gesicht kam Kommissar Reichard bekannt vor. Dann dämmerte es ihm. Klar, das war doch der Mann mit den Streuobstwiesen, in dessen Landgasthof man bei Gehrings Feier so gut gegessen hatte. Na, wenn das kein Zufall war. Er beschloss, diese flüchtige Bekanntschaft erst einmal nicht zu erwähnen, wenn Dressler nicht von selbst davon beginnen würde.

„Ja, bitte? Was gibt's denn?"

Hauptkommissar Schönhals fixierte den Mann an der Tür.

„Herr Dressler?"

„Ja?"

Schönhals zog seinen Dienstausweis hervor und hielt ihn in die Luft.

„Kriminalpolizei. Schönhals ist meine Name. Hätten Sie einen Moment Zeit für uns?"

Es summte, Schönhals drückte das Tor auf, die Beamten liefen den gepflasterten Weg entlang und stiegen die vier Stufen zur Eingangstür empor. Der Mann schaute ihnen reserviert entgegen.

„Ist denn was passiert?"

Schönhals blickte ihm direkt ins Gesicht. „Sie kennen Frau von der Schupflohe", stellte er fest. „Die Dame, die im ersten Stock wohnt."

Gerhard Dressler riss die Augen weit auf. „Ja! Das ist meine Mutter. Was ist mit ihr?", stieß er hervor. „Es ist doch etwas passiert, nicht wahr? Jetzt reden Sie schon!"

Der Sohn. Prima. Das hatte noch gefehlt. Da trampelte er hier herum wie ein Elefant im Porzellanladen.

„Ihre Mutter? Entschuldigen Sie bitte." Er versuchte, sanft zu klingen „Aber wollen wir nicht erst reingehen?"

„Ja, natürlich. Bitte, kommen Sie. Hier entlang." Dressler hielt den beiden Polizisten die Tür auf und wies mit einer müden Bewegung den Weg.

Kurz darauf hatten sie im Wohnzimmer Platz genommen. „Möchten Sie etwas trinken? Wasser, Bier oder vielleicht einen Kaffee?" Die Frage Dresslers klang eher höflich und bemüht als gastfreundlich.

Schönhals kam seinem Kollegen Reichard eilig zuvor. Er hatte ihm angesehen, dass er einen Kaffee nicht abgelehnt hätte. „Nein danke. Das ist nicht nötig. Vielen Dank."

Eine kurze, peinliche Pause entstand. Herr Dressler saß vornübergebeugt auf einem Sessel und knetete seine Finger. Dann sah er die Polizisten direkt an. „Was ist passiert?"

„Herr Dressler", unterbrach der Hauptkommissar die Frage, „wir haben eine schlimme Nachricht für Sie. Ihre Mutter wurde tot aufgefunden."

„Tot?" kam es erschreckt zurück. „Ein Unfall?"

„Es tut mir sehr leid, Herr Dressler. Ich kann es Ihnen leider nicht ersparen: Ihre Mutter wurde ermordet."

„Ermordet? Du meine Güte!" Der Mann wurde blass. „Sind Sie sicher? Und wo soll das passiert sein? Was ist da geschehen?"

Harald Reichard räusperte sich und gab Dressler einen knappen, sachlichen Bericht. Dann ergriff Schönhals das Wort. „Bitte, verstehen Sie das jetzt nicht falsch", begann er. „Ich muss Sie das jetzt fragen."

„Ist schon in Ordnung", kam Dressler ihm zuvor. „Ich

war hier, zu Hause. Allein. Und ehe Sie es selbst herausfinden – nein, unser Verhältnis war wirklich nicht das beste. Unsere ganze Kommunikation beschränkte sich im Wesentlichen nur auf das Geschäftliche."

„Das Geschäftliche?"

„Unsere Gaststätten und alles, was daran hängt. Wissen Sie, unsere Familie betreibt zwei Gasthöfe. Apfelweinwirtschaften, wenn Sie so wollen. Eine in Sachsenhausen und eine in Bischofsheim. Schon seit einigen Generationen. Bis vor ein paar Jahren haben wir sogar unseren Apfelwein noch selbst gekeltert."

„Und jetzt?"

„Es ist mir einfach zu viel geworden. Wir haben jetzt einen Lieferanten aus Bischofsheim. Teilweise bekommt er sogar seine Äpfel von mir. Ich bewirtschafte nämlich einige Streuobstwiesen."

Klar", dachte Reichard und fühlte sich bestätigt. Dressler war der Mann, der vor Gehrings Feier Äpfel angeliefert hatte. Der Gastwirt schien sich aber nicht an den Kommissar zu erinnern.

„Interessant. Tja, und das Nichtgeschäftliche, wenn ich fragen darf? Ihre – wie soll ich sagen – Differenzen?"

Dresslers Ton wurde kühl. „Wie das eben so ist. Meine Frau Beate und ich hatten die eine oder andere Idee, wie man die Kneipen etwas moderner gestalten könnte. Ein bisschen mehr junge Leute. Vor allem die Küche ein wenig aufpeppen. Das ist doch die Zukunft. Man muss ja nicht die ganze Tradition aufgeben. Aber meine Mutter hatte eine – nun ja – eine sehr muffige Vorstellung von Tradition."

„Gibt es denn einen Mann? Ich meine, ist Ihre Mutter verheiratet?"

„Mein Vater ist vor ein paar Jahren gestorben."

„Das tut mir leid", bedauerte Schönhals phlegmatisch. „Ich möchte Sie aber bitten, trotzdem noch einmal ganz genau nachzudenken. Was Sie uns erzählt haben – war das alles oder gibt es da noch etwas?"

„Eigentlich nicht, nein." Der Mann zögerte. „Ach, Sie werden es ja doch erfahren", fuhr er dann fort. „Meine Mutter, wissen Sie, sie mag – Verzeihung – mochte die Männer sehr. Und es durften auch gerne einmal jüngere Herren sein, wenn Sie verstehen. Zumindest jünger als sie. Und ich rede hier nicht von nur einer oder zwei Affären. Nein, ich fand das schon krank. Und vor allem peinlich. Das geht jetzt schon eine Weile so, und je älter sie wurde, desto schlimmer wurde es."

Er ließ eine kleine Pause und beobachtete die Reaktion der Kriminalbeamten, dann fuhr er fort. „Aber immerhin, es ist meine Mutter. Und deshalb wäre ich jetzt gerne alleine. Es sieht vielleicht nicht so aus, aber ich muss das alles erst einmal verarbeiten."

„Selbstverständlich, das verstehen wir gut." Schönhals erhob sich, Harald Reichard folgte seinem Beispiel. „Nur zwei Sachen noch. Vor allem müssten wir uns die Wohnung Ihrer Mutter ansehen." Schönhals präsentierte das Schlüsselmäppchen. „Ich denke, das sind die Wohnungsschlüssel. Wir kommen schon alleine zurecht, wenn Sie einverstanden sind."

„Und die zweite Sache?"

„Ach ja, ganz recht. Entschuldigen Sie, wenn ich Sie so direkt frage. Wohnen Sie hier alleine? Oder sind Sie verheiratet? Sie heißen anders als Ihre Mutter."

Die Antwort geriet schroff. „Ich habe den Namen meiner Frau angenommen. Ich brauche diesen überflüssigen adligen Wurmfortsatz nicht in meiner Anrede. Im Gegensatz zu meiner Mutter. Die hat meinem Vater ihren Namen praktisch aufgedrängt bei der Heirat. Vielleicht war es ihm auch ganz recht, das mit dem Adelstitel. Keine Ahnung. Ist auch völlig egal. War's das jetzt?"

Schönhals hielt ihm die Hand hin. „Natürlich. Das war alles. Ach – Ihre Frau müssten wir noch sprechen."

„Ist momentan nicht da. Geschäfte, Sie verstehen?"

–

„Aha! Das Puffzimmer!", entfuhr es Kommissar Reichard mit breitem Grinsen, als sie das Schlafzimmer betraten. Die goldfarbigen Tapeten, der mit Kristall überhäufte Kronleuchter an der Decke, der rote hochflorige Teppichboden und das überbreite französische Bett mit der Tagesdecke im Leopardenmuster hatten Reichards despektierlicher Beurteilung des Nachtgemachs der alten Dame den Weg bereitet.

Die dekorativen Äpfel, die in der kleinen Glasschale auf dem Nachtschränkchen rechts neben dem Bett lagen, hatten es Hauptkommissar Schönhals angetan. Allerdings nicht aus kriminaltechnischen Gründen. Er hatte kaum etwas gefrühstückt, und das Mittagessen war dummerweiser ebenfalls ausgefallen. Nun hatte er schlicht und einfach Hunger. Was würde eigentlich dagegen sprechen, sich einen dieser Äpfel zu nehmen und zu verzehren? Das waren bestimmt keine Beweisstücke. Er überlegte, wie er Reichard für einen Augenblick loswerden könnte.

„Schauen wir uns also mal um, Herr Kollege", wies er Reichard an. „Nehmen Sie sich das Wohnzimmer vor? Ich komme rüber, wenn ich hier fertig bin." Schönhals bückte sich und zog die Schublade des Nachtschränkchens auf. Peinlich berührt blickte er auf eine Handvoll Kondome sowie einige vermutlich batteriebetriebene Spielzeuge, deren sehr natürlich ausgeformtes Erscheinungsbild ziemlich eindeutige Rückschlüsse auf den Verwendungszweck zuließ. Angewidert drückte er die Schublade wieder zu. Sein Blick fiel erneut auf den Inhalt des Glasschälchens auf dem Nachtschrank.

„Nimm mich“, sagte der obere Apfel.

Schönhals wandte sich ab und ging zu dem großen Spiegelschrank, der an der gegenüberliegenden Seite des Bettes an der Wand stand. Er durchsuchte ihn routiniert, doch außer einigen sehr eindeutigen Kleidungsstücken, die perfekt zum verruchten Ambiente des Schlafzimmers passten, war der Inhalt unverdächtig. Wieder zog das Nachtschränkchen seine Aufmerksamkeit auf sich.

Der Apfel lag unschuldig obendrauf und lächelte.

Schönwalds Magen knurrte.

Er drehte den Kopf nach links. Ein recht großes Gemälde fiel ihm auf. Zwei Menschen waren darauf zu erkennen. Ein Mann und eine Frau. Beide nackt. Klar. Dahinter befand sich ein Baum, um dessen unteren Ast sich eine riesige Schlange ringelte. Hinter dem Mann gewahrte man ein Pferd, das mit mehr oder weniger strafendem Blick beobachtete, wie die nackte Frau dem nackten Mann einen Apfel reichte.

Apfel! Das reichte!

Schönhals ging zum Nachtschrank und griff sich die verführerische Frucht. Schlechtes Gewissen schlug über ihm zusammen wie eine Riesenwelle. Er wandte sich wieder dem Gemälde zu. Sah den Löwen, den Leoparden, den Tiger, einen Strauß, einen Reiher und vieles mehr. Sogar ein Nilpferd gab es. Und alle, alle wirkten, mit Ausnahme des misstrauischen Pferdes, glücklich, zufrieden und – satt!

Schönhals biss zu, dass es spritzte. Und begann gierig zu kauen. Fast zeitgleich verzog er das Gesicht. Was zur Hölle war das denn? Eine immense Säure malträtierte seine zarten Geschmacksnerven. Gefolgt von einem bitteren Nachgeschmack. Er kaute noch einige Male angeekelt und schluckte den Bissen krampfartig hinunter.

Plötzlich blieb sein Blick wie hypnotisiert an der Schlange auf dem Bild hängen.

„*Das Paradies*, wenn ich nicht irre. Peter Paul Rubens."

Schönhals wirbelte ertappt herum. Kommissar Reichard hatte unbemerkt das Schlafzimmer betreten. Er blickte auf die angebissene Frucht in des Hauptkommissars Hand.

„Und ein privater Sündenfall!", schob er mit maliziösem Lächen hinterher und schaute suchend im Zimmer umher. „Wo ist Eva?"

Der Hauptkommissar ließ den Apfel verstohlen in der Manteltasche verschwinden und räusperte sich nervös. Dann schaute er wieder zum Bild. „Sie meinen wirklich?"

„Herr Schönhals. Also ehrlich! Wenn *das* Bild echt wäre, hätten wir ein Bilderbuchmotiv."

„Sie denken also ..."

„Ich denke! Das Original kann sich selbst unsere Madame von und zu nicht leisten." Reichard trat näher. „Also, ich bin kein Fachmann. Aber das ist kein Gemälde. Das ist ein schöner Druck auf Leinwand. Gibt's im Internet für ein paar Euro."

Der Kommissar fasste Schönhals an der Schulter. „Hunger, Chef? Na, sehen Sie – ich auch. Ich kippe gleich um. Gehen wir was essen. Hier verschwenden wir bloß unsere Zeit. Ich habe nichts gefunden, das uns weiterbringt. Sie etwa?“

„Nein, nichts. Sie haben recht. Wir sollten erst einmal was essen. Ich kann kaum mehr einen klaren Gedanken fassen vor Hunger.“

Als Reichard den Zündschlüssel drehte, sah er im Rückspiegel die blasse Frau näherkommen. Die schwarzen Haare standen im extremen Kontrast zu ihrer Gesichtsfarbe und unterstrichen den bleichen Eindruck. Die Frau passierte das Dienstfahrzeug der Polizisten und blieb vor dem Eingang des Schupfloh'schen Anwesens stehen.

„Seine Frau?“ Schönhals reckte den Hals.

Reichard kam die Erinnerung an den Abend von Gehrings Feier, und er erinnerte sich an die Frau, die sich immer mal wieder im Gastraum aufgehalten hatte. Schönhals konnte das nicht wissen. „Ja, ich denke schon“, bestätigte er.

Sie sahen zu, wie die Frau einen Schlüsselbund aus ihrer Tasche zog und die Tür öffnete. Ein kleines weißes Kärtchen segelte dabei unbemerkt zu Boden. Schönhals wollte die Wagentür öffnen, Reichard hielt ihn zurück.

„Warten Sie. Einen Moment noch.“

Schönhals schaute verständnislos.

„Wir reden später mit ihr. Nach dem Essen. Aber ich will noch wissen, was sie da eben verloren hat.“

Der Kommissar wartete, bis die Frau im Haus verschwunden war, dann lief er zum Eingangstor und hob das Kärtchen vorsichtig vom Boden auf. *Belmondos Frisiersalon*, las er. Eine in Plastik eingeschweißte Visitenkarte, wie man sie für wenig Geld im Internet bestellen konnte.

Zurück im Dienstfahrzeug ließ er das Kärtchen in einen Platikbeutel fallen.

Schönhals hatte es plötzlich eilig. „Jetzt aber los. Die erste Imbissbude ist uns. Mir ist schon ganz übel.“ Er hielt sich den Bauch.

Kommissar Reichard legte den ersten Gang ein und betrachtete den Kollegen von der Seite. Der Gesichtsausdruck und vor allem die Farbe gefielen Reichard überhaupt nicht. Nun – auch er selbst fühlte sich nicht wohl ob der Mangelernährung. Als sie von der Peter-Bied-Straße auf die Schmalkaldener Straße fuhren, stach Reichard ein Imbiss ins Auge.

„Da! Soll ich hier anhalten?“

Statt der Antwort kam nur ein gequältes Stöhnen. „Au, mein Bauch. Was ist denn auf einmal los mit mir?“

Reichard verdrehte die Augen. „Stimmt was nicht?“

„Ich glaube, ich kann jetzt nichts essen. Vor allem nicht an diesem Imbiss. Mir ist plötzlich gar nicht gut. Wenn das bis morgen nicht besser ist, muss ich zum Doc, so wie sich das anfühlt. Vielleicht ein *Ulcus ventriculi*“, diagnostizierte Schönhals fachmännisch.

„Ulcus *was*?“

„Ventriculi! Auch Peptisches Geschwür genannt. Hat mit dem Magen zu tun“, fügte Schönhals dem medizinischen Laien Reichard erklärend hinzu.

Der ließ die Schultern sinken. „Dieser Hypochonder“, schoss es ihm durch den Kopf. „Er fühlt sich einfach nicht wohl, wenn er sich wohlfühlt.“ Das Essen schrieb er kurzerhand ab. Gut, dann würde er eben hungern, bis er zu Hause war. Auch egal. Wenn er nur nicht allzulange diesen selbstdiagnostischen Ergüssen lauschen musste.

„Soll ich Sie nach Hause fahren?“

Reichard deutete das ersterbende Keuchen als ein „Ja“ und wendete. Eine halbe Stunde später setzte er den Hauptkommissar vor dessen Wohnung ab.

„Dann bis morgen. Und erholen Sie sich. Wenn es nicht besser wird, gehen Sie morgen bestimmt zum Arzt!?“ Das war halb Feststellung, halb Frage.

„Ich werde jetzt erst einmal im Internet recherchieren, was mit mir los sein könnte. Dann sehen wir weiter. Ich traue den Ärzten nicht über den Weg. Ich melde mich“, keuchte Schönhals Mitleid heischend.

„Warum gehst du dann dauernd hin, zu diesen Ärzten?“, dachte Reichard, sagte aber nichts. Erschrocken stellte er fest, dass Schönhals tatsächlich nicht gesund aussah.

Etwas früher,
Frankfurt-Höchst,
Mittwoch, 16. Oktober

12

Die Einbaumöbel und der Tisch mit den beiden Stühlen waren das einzige Inventar in der Küche der geräumigen Wohnung. Jeannette Müller saß an ebendiesem Tisch im zweiten Stock in der Höchster Gotenstraße und überflog einen Kaufvertrag. Sie war aufgeregt. Heute schien sie ein richtiges Schnäppchen zu machen. Ausgerechnet ein Unfall vor gut einer Woche hatte den Weg dazu geebnet. Jeannette hatte sich in ihr Auto gesetzt, um ihre Freundin Sina in der Rhön zu besuchen. Auf der B8 in Höhe der Fähre Richtung Bischofsheim war sie abgebogen. Die Ampel war auf Grün gesprungen und Jeannette war losgefahren. Doch ein entgegenkommender Verkehrsteilnehmer hatte das rote Signal seiner Ampel ignoriert und war der Abbiegerin in die Seite gekracht. Es hatte glücklicherweise keine Personenschäden gegeben, doch Jeannettes japanisches Wägelchen war vom Gutachter als Totalschaden deklariert worden. Da die Schuldfrage eindeutig war, hatte es auch keine Probleme bei der Regulierung des Schadens gegeben.

Es wäre nun überhaupt kein Problem gewesen, ein gleichwertiges Fahrzeug zu finden, ohne große Verluste zu machen. Doch beim Stöbern im Internet war Jeannette dieser Sportwagen aufgefallen. Ein Mazda MX5. Ein Cabrio. Noch dazu in Rot. Schon länger hatte sie von diesem Wagen geträumt. Normalerweise war Jeannette kein Autofreak und das Fahrzeug war ihr eigentlich auch viel zu teuer. Und auch zu unpraktisch für ihre Bedürfnisse, wenn sie ehrlich war. Doch der Preis von 13.595,– Euro für einen zwei Jahre alten Wagen, vor allem mit einem Tachostand von nur knapp sechstausend Kilometern, hatte sie schwach werden lassen. Das war *die* Chance. Unvernünftig, na klar. Aber Jeannette sagte sich, wenn sie den Wagen wenigstens ein oder zwei Jahre fahren würde, um ihn danach fast ohne Verlust wieder zu verkaufen, hätte sie einen Traum wenigstens für eine kurze Zeit gelebt. Vergleichbare Wagen kosteten auf dem Internet-Markt gut fünf- bis achttausend Euro mehr. Und der Wagen war unfallfrei.

Der Verkäufer hatte sich als Werner Sandorf vorgestellt. Jeannette schaute den etwas blassen und schmalen, aber durchaus gut aussehenden Mann genau an, der ihr am Küchentisch gegenübersaß. Er sah aus wie ein Künstler, mit graumeliertem, aber vollem Haar, das er bei jeder Gelegenheit mit der Hand durchfuhr. Seine Augen wirkten müde, durch leichte Schatten fast morbide. Auch das machte ihn auf eine geheimnisvolle Weise interessant. Das Gleiche galt für seine lange, schmale Nase. Er ging geduldig auf ihre misstrauisch gestellte Frage ein.

„Ja, ich weiß schon, dass der Wagen eine echte Gelegenheit ist. Aber ich habe einfach keine Energie mehr." Er schenkte Jeannette einen intensiven Blick aus seinen schläfrigen Augen. „Sehen Sie, mein Vater hatte sich mit dem Wagen einen langgehegten Wunsch erfüllt. Nun ist er leider vor zwei Wochen verstorben, und ich muss mich um den

Nachlass kümmern. Meine Mutter ist nicht mehr die Jüngste, sie schafft das nicht alleine. Und dieses Auto hat sie vom ersten Moment an gehasst wie die Pest. Es hat richtig Streit gegeben, als Papa damals mit dem Mazda vorgefahren ist. Sie ist froh, wenn sie den Wagen nicht mehr sehen muss und will ihn weghaben. Je schneller, desto besser."

„Das tut mir alles sehr leid", entgegnete Jeannette, „und dann kommt auch noch dieser Umzug dazu. Das ist für Ihre Mutter bestimmt nicht leicht, wenn sie so lange hier gewohnt hat. Und für Sie auch nicht."

Der Mann wirkte traurig.

„Tja, das ist schon ein Einschnitt für meine Mama. Und es ist noch jede Menge zu tun. Aber die Wohnung ist für sie viel zu groß." Er schaute sich um und machte eine ausladende Bewegung. „Sie sehen es ja. Und noch dazu im zweiten Stock. Sie hat jetzt eine kleine ebenerdige Wohnung in der Nähe vom Ostbahnhof. Es passen natürlich nicht alle Möbel rein. Ich habe erst einmal alles einlagern lassen, bis Mama sich entschieden hat, was verkauft oder weggeworfen werden soll."

Jeannette schaute verständnisvoll.

„Da haben Sie noch einiges vor sich. Ich beneide Sie wirklich nicht. Aber ich drücke Ihnen die Daumen."

„Danke, vielen Dank."

Das Handy des blassen Mannes klingelte. Er runzelte die Stirn, als er die Nummer auf dem Display sah.

„Mama? Was? Ja, ja, Mama, die Dame ist sehr interessiert. Eine sehr nette Dame, gerade haben wir von dir gesprochen. Bitte? Der Herr vom Autohaus? Wegen was denn? Ach so. Aber wieso hat er mich nicht erreicht? Mein Handy ist doch immer an! Na, egal, ich rufe ihn zurück. So, Mama, jetzt muss ich mich aber wieder um die Interessentin kümmern, ja, bis später, tschüss."

Er schaute Jeannette etwas gestresst an.

„Bitte entschuldigen Sie. Ich muss eben den Herrn vom Autohaus anrufen. Er wollte mich dringend sprechen."

„Probleme?"

„Nein, nein, kann ich mir eigentlich nicht vorstellen."

Er wählte eine Nummer, kurz darauf ertönte das Freizeichen. Er nahm das Telefon noch einmal vom Ohr und stellte den Lautsprecher auf „laut".

„Hören Sie doch einfach mit", schlug er Jeannette vor. „Dann muss ich nicht extra wiederholen, wenn es etwas Wichtiges gibt."

„Gernot Bogner, Autohaus Bogner, was kann ich für Sie tun?", quäkte es aus dem kleinen Gerät.

„Hallo Herr Bogner, hier ist Werner Sandorf. Sie wollten mich sprechen? Meine Mutter hat ..."

„Ach, gut dass Sie anrufen, Herr Sandorf", unterbrach eine enthusiastische Stimme den blassen Mann. „Ich habe einen Interessenten für den Sportwagen Ihres Herrn Vater. Wenn wir den Kauf schon morgen abwickeln könnten, würde er sage und schreibe fünfzehnhundert Euro drauflegen. Und er würde bar bezahlen. Wir müssten dazu aber ..."

Jeannette erschrak, Enttäuschung erfasste sie augenblicklich. Es wäre ja auch zu schön gewesen. Sie schaute Werner Sandorf fragend an. Der bemerkte ihre Frustration sofort. Er machte mit der freien Hand eine beschwichtigende Geste und unterbrach seinen Gesprächspartner.

„Moment, Herr Bogner. Das ist alles schön und gut, aber ich habe", er blinzelte Jeannette verschwörerisch zu, „ich habe den Wagen schon einer sehr netten jungen Dame versprochen. Sie sitzt gerade hier und – was? Ja, stimmt ja, das hab ich ganz verdrängt in der Hektik. Sie haben recht. Da muss ich mich jetzt aber beeilen. So viel Geld habe ich nicht in bar bei mir. Und die Bank macht gleich zu. Aber irgendwie kriegen wir das hin. Sagen Sie dem Interessenten einfach, dass wir ihm in der nächsten Stunde Bescheid geben. Bis dahin hat sich die Dame bestimmt entschieden. Ich rufe Sie also in einer Stunde wieder an. Und vielen Dank für Ihr Engagement, Herr Bogner, bis dann."

Sandorf strich sich mit der Hand fahrig über das Gesicht. Dann atmete er tief durch.

„Also, Frau Müller. Ich möchte nicht, dass Sie umsonst hergekommen sind. Wenn Sie den Wagen haben wollen, bekommen Sie ihn auch. Sie waren schließlich zuerst da. Und wenn nicht, dann rufe ich den Herrn Bogner an, dass er den Kauf mit dem anderen Interessenten einfädelt. Was meinen Sie?"

„Das ist ja wirklich nett, Herr Sandorf. Ich weiß gar nicht, ob ich das annehmen darf. Aber – gab es da eben nicht noch ein anderes Problem?"

„Ach, das ist eigentlich kein Problem. Es geht nur darum, dass mein Vater den Wagen geleast hat. Deshalb befindet sich der Brief noch bei der Leasinggesellschaft. Wenn wir den Brief also noch vor dem Wochenende ablösen wollen, müsste ich eine Sicherheit beim Autohaus hinterlegen. Die haben das Ganze nämlich abgewickelt. Jetzt sollen sie es auch zu Ende bringen und den Betrag an die Gesellschaft weiterleiten."

Während seiner letzten Worte war er nervös aufgesprungen.

„Wenn Sie nur einen Moment Zeit hätten. Ich gehe

schnell zur Bank und hole das Geld. Muss mich allerdings sputen, ich denke, die machen gleich zu."

Dann hielt er in der Bewegung inne und guckte Jeannette schuldbewusst an.

„Ach, Frau Müller, ich wieder mit meiner direkten Art. Entschuldigen Sie bitte. Ich wollte Sie nicht überrumpeln. Möchten Sie den Wagen denn überhaupt haben? Wenn nicht – Sie haben es ja mitbekommen – wäre es auch kein Problem. Sie müssten sich eben nur jetzt entscheiden."

Jeannette fasste sich ein Herz. „Also, ich glaube – ja, ich nehme den Wagen", strahlte sie Sandorf an. Der wirkte erleichtert.

„Gut, dann warten Sie doch bitte hier. Ich bin gleich wieder zurück. Ich beeile mich."

Als Sandorf zur Tür ging, klingelte Jeannettes Telefon. Sie erkannte Karlos Stimme sofort. Er klang gestresst, aber irgendwie auch bekümmert.

„Hallo Jeannette. Du, ich weiß, das ist jetzt blöd, aber können wir uns heute Abend eine Stunde später treffen? Ich hab noch ziemlichen Stress. Ich erkläre es dir später."

Jeannette war nicht begeistert. Aber Karlo hörte sich bedrückt an, und so versuchte sie erst gar nicht, herumzumäkeln.

„Schon in Ordnung", murmelte sie enttäuscht. Und ein wenig besorgt. Sie kannte ihren Karlo. Dann riss sie sich zusammen. „So zwischen acht und halb neun? Ist das okay?"

„Perfekt."

„Gut. Ich freu mich." Jeannette zögerte einen Moment, dann konnte sie es sich nicht verkneifen: „Ich hab auch eine Überraschung. Aber davon erzähle ich dir später."

„Na, da bin ich gespannt. Bis dann, tschü-hüss."

Karlo hatte aufgelegt.

Mittlerweile waren sechs oder sieben Minuten vergangen. Jeannette war aufgestanden und schaute versonnen aus dem Fenster. An der Ampel vor dem Haus stand ein großer Lkw und verdeckte das Sportwägelchen zur Hälfte. Die Ampel schaltete auf Grün, und der Laster fuhr los. Jeannette lächelte, als sie das schöne Auto betrachtete. Morgen schon würde es ihr gehören. Als sie überlegte, was Karlo wohl zu dem neuen Auto sagen würde, hörte sie ein bekanntes Geräusch. Sie runzelte überrascht die Stirn. Ein Fahrzeug näherte sich. Und zwar nicht irgendeines. Ein Fahrzeug mit einem Zweitaktmotor. Dieses blechdosenhafte Geknatter war ihr wohlbekannt. Noch ehe sie ihre Gedanken zu Ende führen konnte, hatte sie es auch schon erspäht: Karlo auf seinem alten MZ-Motorradgespann kam gemächlich auf die Ampel zugefahren. Na, so ein Zufall! Was trieb ihn denn ausgerechnet heute nach Höchst? Jeannette grinste und sah liebevoll nach unten. Die Ampel schaltete auf Rot, Karlo hielt an.

Dann schaute sie näher hin und erschrak. Sie öffnete entgeistert den Mund. Ihr Herzschlag beschleunigte sich. Doch es war nicht Karlo Kölner, der ihren Kreislauf in Schwung brachte.

Im Beiwagen saß – eine Frau! Eine *andere* Frau!

Diese Frau trug einen Helm. Klar.

Aber auch ein kurzes Pelzjäckchen.

Und rote Nylons.

Und einen superkurzen Ledermini!

Jeannette rang nach Luft. Karlo konnte noch immer seine Finger nicht bei sich lassen. Er hatte nichts gelernt! Da hatten sie heute Abend ein Date, endlich wieder, und er trieb sich mit solch einem Flittchen herum.

„Da haben wir den Grund für deine Verspätung", flüsterte sie mit bebender Stimme. „Na warte, du Lump."

Die Türklingel riss sie aus ihrer verzweifelten Empörung. Jeannette war nun völlig durcheinander. Mechanisch ging sie zur Tür und drückte den Knopf. Kurz darauf kam Sandorf in die Wohnung gestürmt.

„Entschuldigen Sie bitte. Ich fürchte, ich habe meinen Schlüssel irgendwo hier liegengelassen."

Sandorf war außer Atem. Und seine Miene war von einem Ausdruck des Bedauerns geprägt. Doch dann spürte er die Nervosität, die Jeannette umgab.

„Stimmt etwas nicht?"

„Nein, nein, alles gut", beeilte sie sich zu versichern. „Mir sind gerade nur einige Sachen durch den Kopf gegangen. Es ist nichts weiter."

Dann fixierte sie den schmächtigen Mann.

„Aber *Sie* sehen aus, als hätten Sie schlechte Nachrichten."

Sandorf verzog verlegen das Gesicht. Er setzte sich und strich mit beiden Händen über den Küchentisch.

„Wir werden das Ganze vor dem Wochenende nicht mehr hinbekommen. Die Bank hatte schon zu, leider. Keine Ahnung, was wir jetzt machen sollen. Tut mir leid."

„Aber das ist doch kein Problem", stieß Jeannette voller Eifer aus.

Das Klingeln von Sandorfs Handy unterbrach sie. Der schaute sie an und machte eine entschuldigende Geste, bevor er abhob.

„Sandorf? Ach, Herr Bogner, was gibt es denn noch? Ich habe leider keine gute Nachrichten. Die Bank war schon zu und – was? Sie haben den Brief? Wie haben Sie das denn geschafft? Also, was soll ich sagen? Sie sind der Beste. Da kommen wir gleich vorbei und – ach so, ja, verstehe. Um so besser. Ja, wir warten. Und vielen Dank auch. Frau Müller wird begeistert sein."

Jeannette platzte nun vor Neugierde, und Sandorf erlöste sie alsbald.

„Unser Herr Bogner. Er hat wirklich großes Vertrauen. Er hat uns das Geld auf eigenes Risiko vorgelegt und der Gesellschaft schon per E-Banking überwiesen. Und er hat den Brief schon da! Was sagen Sie jetzt? Und das Beste: Er bringt ihn gleich hierher. Weil er noch einen Termin hat und auf dem Weg hier vorbeikommt. Allerdings ...", er zögerte kurz, „so ein richtig gutes Gefühl habe ich nicht. Wenn doch nur die Bank offen gehabt hätte. Ich habe ungern Schulden."

„Aber das ist doch gar kein Problem, Herr Sandorf. Ich kenne das Gefühl. Ich möchte auch immer alles in Ordnung haben. Ich habe das Geld doch dabei. Wir können Herrn Bogner das Geld gerne geben. Ich bekomme eine Quittung und außerdem: Ich kann das Auto doch gleich mitnehmen, wenn der Brief da ist. Wie viel bekommt Herr Bogner denn?"

„Na ja", druckste Sandorf, „er bekommt die ganze Summe, die ganzen Dreizehntausendundetwas. Damit ist der Wagen bei der Leasinggesellschaft abgelöst."

Jeannette erschrak.

„Dann haben Sie ja überhaupt nichts verdient – vielleicht zahlen Sie sogar noch drauf? Das kann ich doch nicht annehmen!"

Sandorf winkte ab. „Ich habe es Ihnen doch schon gesagt: Wir sind froh, wenn der Wagen weg ist. Hauptsächlich ist es ja wegen meiner Mutter."

Er schaute Jeannette ein wenig schelmisch an: „Und vor allem: Ich muss mir das Gemeckere nicht mehr länger anhören."

Im gleichen Moment klingelte es.

„Das wird Herr Bogner sein. Ich springe schnell runter und hole den Brief. Dann kann er gleich zu seinem Termin weiterfahren."

Sandorf stand auf und verließ die Küche, doch bevor er im Treppenhaus verschwand, wandte er sich erneut an die frischgebackene Sportwagenbesitzerin.

„Bitte, Frau Müller, es mag sich etwas unverschämt anhören: Sie fahren auf Ihrem Nachhauseweg doch bestimmt Richtung Frankfurter Osten? Ich habe ja dann kein Auto mehr, und ich muss heute noch zum Ostbahnhof, meine Mutter besuchen."

„Ich fahre nach Fechenheim. Wissen Sie was? Ich nehme Sie mit. Und das Stückchen zum Ostbahnhof sehe ich einfach als Probefahrt. Kein Problem."

„Das würden Sie machen? Sie sind echt super, vielen Dank. Bis gleich."

„Halt, Herr Sandorf. Haben Sie nicht etwas vergessen?"

Sandorf nahm die Hand von der Türklinke, ließ ein zerstreutes Lachen hören und schlug sich dabei an die Stirn.

„Was man nicht im Kopf hat, hm?"

Jeannette hielt ihm einen Umschlag hin. „Hier, bitte, zählen Sie aber erst nach."

„Nein, das ist doch nicht nötig. Ich vertraue Ihnen."

Er nahm den Umschlag an sich. Bevor er loslief, zog er einen Quittungsblock hervor, füllte ein Blatt aus und unterschrieb die Quittung. An der Tür drehte er sich noch einmal herum und zeigte auf den Küchentisch.

„Sie können ja in der Zwischenzeit den Kaufvertrag unterschreiben. Ich bin gleich wieder da. Eine Quittung haben Sie jetzt schon mal, zu Ihrer Beruhigung, wenn ich jetzt mit Ihrem Geld verschwinde.“ Als er lachte, klang es nervös. „Na, dann bis gleich.“

Einen Moment lang lauschte Jeannette den Schritten des Mannes, die auf dem Weg nach unten verklangen. Dann hörte sie die Eingangstür schlagen. Sie griff sich den Kugelschreiber, der neben dem Vertrag lag, nahm das Schriftstück an sich, blätterte es noch ein letztes Mal durch und setzte schließlich lächelnd ihre Unterschrift darunter.

Nach fünf Minuten setzte sich abermals Karlo in ihren Gedanken fest. Was war das nun wieder für eine Geschichte? Vielleicht war alles auch ganz harmlos? Und ja, natürlich, sie waren die ganze Zeit über getrennt gewesen. Da konnte sie ihm schlecht vorschreiben, was er zu tun oder zu lassen hatte. Und sie wusste auch überhaupt nicht, was der heutige Abend bringen würde. Und trotzdem! Eine selten gekannte Unsicherheit erfasste Jeannette. Sollte sie einfach abwarten? Ihre Beobachtung gar nicht erwähnen, wenn Karlo später vor der Tür stand? Sie stand auf, atmete tief durch.

Dann schaute sie auf die Uhr.

Es waren bereits zehn Minuten verstrichen, seit Werner Sandorf nach unten gegangen war. Nun, bestimmt hatte der Herr Bogner das Geld nachgezählt, und wer weiß, welche Papiere noch zu unterschreiben waren, damit Bogner Herrn Sandorf die Papiere übergeben konnte.

Jeannette setzte sich wieder und blätterte nervös im Kaufvertrag. Sie schaute auf ihre Unterschrift, die in der Aufregung etwas krakelig geraten war.

Komisch. Sandorf hatte noch nicht unterschrieben.

Jeannette wurde unruhig, Warum dauerte das so lange? Was hatte das zu bedeute? Sie spürte, wie ihr das Blut in die Wangen schoss, sprang auf und schaute wieder auf die Uhr. Weitere zehn Minuten waren inzwischen vergangen. Nichts Gutes ahnend ging sie zum Fenster. Als sie auf die andere Straßenseite schaute, hielt sie die Luft an.

Wo gerade eben noch ihr schöner neuer Sportwagen stand, sah man etwas ziemlich Seltenes. Zumindest für Frankfurter Verhältnisse.

Eine Parklücke.

Frankfurt am Main
Mittwoch, 16. Oktober

13

Es wurde eine sehr traurige Heimfahrt. Jeannette hatte nicht die Energie aufgebracht, mit öffentlichen Verkehrsmitteln von Höchst nach Fechenheim zu fahren. Sie war gleichermaßen wütend wie auch beschämt, hatte sich ein Taxi bestellt und sich nach Fechenheim fahren lassen. Teuer zwar, aber egal, darauf kam es jetzt auch nicht mehr an. Da war sie doch tatsächlich einem Betrüger aufgesessen! Der Mann hatte so nett und so ehrlich gewirkt. Und als er sie schließlich gefragt hatte, ob sie ihn ein Stück mitnehmen könne mit ihrem neuen Wagen, da waren die letzten Zweifel gewichen. Jeannette war dermaßen aufgewühlt und voller Scham, dass sie noch nicht einmal in Betracht gezogen hatte, die schriftlichen Unterlagen mitzunehmen. Geschweige denn, die Polizei anzurufen.

Sie schaute aus dem Seitenfenster des Taxis und ein Tränenschleier trübte ihre Sicht auf die vorbeiziehenden Häuserzeilen. Das schöne Geld. Es waren fast ihre gesamten Ersparnisse gewesen.

„Geht es Ihnen nicht gut?“

Der Taxifahrer hatte bemerkt, dass mit Jeannette etwas nicht stimmte. Sie sah ihn an, schüttelte nur den Kopf und putzte sich die Nase. Ihr Anblick schlug dem Chauffeur derart aufs Gemüt, dass er nur noch verlegen „Tut mir leid" murmelte und für den Rest der Fahrt schwieg.

Was ungewöhnlich ist für einen Frankfurter Taxifahrer.

Jeannette schwor sich, Karlo nichts von ihrem Pech zu erzählen. Zum einen schämte sie sich, derart in die Falle getappt zu sein. Zum anderen konnte sie sich genau vorstellen, wie die Geschichte weiterging. Karlo würde den heldenhaften Privatdetektiv spielen und über kurz oder lang die größten Schwierigkeiten am Hals haben. Es wäre ja nicht das erste Mal. Die meisten Eskapaden des chaotischen Kerls waren zwar gut ausgegangen, aber Jeannette wollte nicht die Schuld daran tragen, wenn es dann doch einmal schiefging.

Als sie mit ihrem letzten Bargeld die Fahrt bezahlt hatte und die Treppe zu ihrer Wohnung emporstieg, begann sie wieder, klarer zu denken. Sie setzte sich an den Küchentisch und überlegte. Nach und nach setzte sich die Erkenntnis durch, dass es durchaus vernünftig wäre, zur Polizei zu gehen. Und sei es nur, um andere Menschen vor dem gleichen Schicksal zu bewahren.

Zwanzig Minuten später stand sie vor dem 7. Polizeirevier in der Pfortenstraße.

Haffmann grinste verhalten. Es war ihm nicht möglich, ein Mindestmaß an Spott für sich zu behalten, denn die Beamten hatten schon öfter das Vergnügen mit Karlos Freundin gehabt. Die Abneigung, die zwischen Karlo und den beiden Polizisten gewachsen war, hatte sich dabei durchaus auch auf Jeannette übertragen. Dietmar Hund stand neben Haffmann hinter dem Schreibtresen des Reviers und biss sich krampfhaft auf die Zunge, um nicht zu lachen.

„Tja, Frau Müller, zu solchen Gelegenheiten geht man

als Frau eben besser nicht alleine", ließ sein Kollege Haffmann belehrend mit spürbarer Arroganz im Ton vernehmen. Jeannette war sofort auf hundertachtzig.

„Was soll das heißen: als Frau?", stieß sie erzürnt aus. „Ist man als Frau zwangsläufig bescheuert? Was erlauben Sie sich eigentlich? Nehmen Sie jetzt meine Anzeige auf oder wollen Sie mich belehren? Sehen Sie lieber zu, dass Sie das Schwein finden!"

„Ist ja schon gut. Aber große Hoffnungen mache ich Ihnen nicht. Der ist bestimmt schon über alle Berge."

Kollege Hund bewegte sich in den hinteren Raum des Reviers und brummte vor sich hin: „Der Kölner hatte ja anderes zu tun, was?" Er schnaubte kurz auf, bevor er Haffmann einen vielsagenden Blick zukommen ließ und gedämpft hinterherschob: „Das Pelzjäckchen war schon einsame Spitze." Dann war er im hinteren Raum verschwunden. Der gemeine Gesichtsausdruck Haffmanns war noch da.

Und Jeannette hatte alles genau gehört. Es fühlte sich an, als hätte ihr jemand ins Gesicht geschlagen. Was wussten die beiden Knalltüten denn von der Frau im Pelzjäckchen? War es schon so weit? Alle wussten Bescheid, nur sie selbst war am Rätseln? Und – sollte sie deshalb das Treffen mit Karlo heute Abend absagen? Doch dann riss sie sich zusammen. Lächerlich. Sie würde alles auf sich zukommen lassen. Mal abwarten, wie sich Karlo verhalten würde, dann könnte sie immer noch reagieren.

„Wenn Sie sich zu Ende amüsiert haben, könnten wir dann bitte endlich die Anzeige aufnehmen? Oder wollen Sie erst noch ein paar dumme Witze hören?"

Nach zwanzig Minuten verließ Jeannette das Revier.

Sie war geladen wie eine Kalaschnikow.

Im Polizeirevier war die Stimmung derweil eher gelassen. Dietmar Hund fixierte seinen Kollegen. „Machst du das mit der Anzeige für Kölners Braut fertig?“

Haffmann schaute seinen Kollegen träge an und gähnte.

„Warum immer ich?“

„Weil ich jetzt Feierabend habe“, erwiderte Hund. „Seit genau fünf Minuten. Gleich werden wir abgelöst.“

„Moment mal. Wie du schon ganz richtig sagst: *wir*. Ich habe auch Feierabend.“

„Na, dann.“

„Genau. Morgen ist auch noch ein Tag.“

–

Es war wohl die dringend benötigte Ablenkung, die es möglich gemacht hatte, dass Jeannette rechtzeitig fertig wurde und das Essen einigermaßen gelang. Die feinen Kalbsrouladen schmurgelten auf dem Herd, der Rotwein war schon geöffnet und ausgiebig geduscht hatte sie auch. Einen Teil ihres Kummers hatte sie unter der Dusche abgespült. Doch innerlich war nichts wirklich gut.

–

Mit schweißnassen Händen umklammerte Karlo den riesigen Strauß Rosen und die Flasche Apfelsekt. Er war aufgeregt wie ein Schuljunge, als er vor der Haustür stand und den Finger auf die Klingel legte. Im Treppenhaus steigerte sich sein Pulsschlag mit jeder Stufe. Vor der Wohnungstür angelangt, schlug ihm das Herz bis zum Hals. Als Jeannette aufmachte, stockte ihm der Atem vollends. Das Make-up seiner Verflossenen war genau auf dem Punkt. Genauer gesagt, ein klein wenig darüber. Der Lidstrich ultimativ, der Lidschatten eine Spur zu dunkel, der Lippenstift eine Spur zu rot, provozierend, berechnend, voller Absichten, wie es Karlo schien. Das eng anliegende, leichte schwarze Pulloverchen, das eigentlich gar nicht vorhanden war. Der gleichfarbige, leicht glockig geschwungene, sündhaft kurze Rock. Und diese Pumps. Mörderisch – die kannte er noch gar nicht. Karlo schluckte schwer. Mit dem folgenden Hustenanfall hätte er alle Ehre bei Hauptkommissar Schönhals einlegen können.

„Was schaust du so? Willst du nicht reinkommen?“

Der unverhohlene Spott in Jeannettes heller Stimme lähmte Karlo am ganzen Körper. Nun – fast am ganzen Körper. Die unangenehme Verletztung, die er sich heute Morgen mit dem Reißverschluss seiner Hose zugezogen hatte, brachte sich mit einem Mal schmerzhaft in Erinnerung. Er krümmte sich leicht, verzog unmerklich das Gesicht und trat in die Wohnung. Jeannette gab ihm einen flüchtigen Kuss auf die Wange. Ein Hauch ihres Parfums, einer teuflischen Duftcreation, riss ihn endgültig in den ungewissen Strudel seiner Erwartungen.

„Oh! Du hast mir Blumen mitgebracht. Hast du was ausgefressen?“ Sie sah Karlo lauernd an.

Ihr Ton und dieser spezielle Blick katapultierten ihn jäh wieder in die Realität zurück. Das passte nun so gar nicht zu Jeannettes verführerischer Aufmachung. Was zum Teufel lief hier? Irgendwas lag doch in der Luft.

Karlo beschloss kurzerhand, die Bemerkung zu ignorieren und abzuwarten. Er streckte ihr die Blumen entgegen. „Hier. Stell sie am besten gleich ins Wasser. Ich hoffe, sie gefallen dir“, versetzte er nüchtern.

Jeannette zuckte mit den Achseln, nahm den Strauß wortlos entgegen und verschwand damit in der Küche. Sie entnahm dem Schrank unter der Spüle eine passende Vase und ließ lauwarmes Wasser hineinlaufen. Dann schaute sie flüchtig über die Schulter.

„Das Essen dauert noch ein halbes Stündchen“, erläuterte sie. „Dann sind die Rouladen so weit. Möchtest du schon ein Glas Wein?“

Karlo konnte sich nicht helfen. Einerseits schien alles zu schön, um wahr zu sein. Andererseits war der Ton der blonden Frau sehr seltsam. Eine unangenehme Schwingung lag darin. Doch Karlo konnte es nicht erklären. Wieder versuchte er, seine Beklommenheit zu überspielen.

„Hier“, er hob die Flasche Apfelsekt in die Höhe, „vielleicht möchtest du einen kleinen Aperitif. Hat gerade die richtige Temperatur. Ich hatte ihn eine gute Stunde lang im Kühlschrank. Magst du probieren?“

Jeannette schenkte der Flasche nur einen kurzen Blick.

„Oh, Champagner, wie nobel“, klang es Karlo ironisch entgegen.

Wieder dieser seltsame Ton. Karlo riss sich zusammen.

„Nein, Jeannette. Kein Champagner. Ist was ganz anderes. Ein richtig guter Apfelsekt.“

„Ach! Apfelsekt. Wie kommst du denn auf so etwas?“

„Ist eine Empfehlung“, erläuterte Karlo

„Eine Empfehlung? Von wem denn?“

Erneut schlug Karlo Misstrauen entgegen.

Karlo stocherte nach einer eleganten Erklärung. Doch es wollte ihm partout nichts Passendes einfallen. Die Antwort geriet dementsprechend ungelenk.

„Von, äh, ja, von meinem Friseur.“

„Von deinem Friseur?“ Jeannette prustete amüsiert und musterte Karlo eingehend. „Du siehst nicht gerade aus, als würdest du frisch vom Friseur kommen.“

Karlos Gesicht färbte sich puterrot.

Jeannette bemerkte das natürlich umgehend. Und eigentlich hatte sie vorgehabt, alles auf sich zukommen zu lassen, nicht zu viel zu riskieren. Doch Karlos offensichtliche Verlegenheit gab ihr Sicherheit, machte sie mutig. Und auch unvorsichtig.

„Eigentlich wollte ich ja mein neues Pelzjäckchen tragen, um dich zu empfangen.“ Sie musterte Karlo lauernd. „Aber ich kam ja gerade aus der Küche, als du geklingelt hast.“ Den Rest ließ sie offen.

Pelzjäckchen? Verdammt! Karlo wurde es heiß. Und noch heißer.

„Pelzjäckchen?“, stieß er nach einem verstohlenen Räuspern rau hervor. „Was soll das denn heißen?“ Er wich Jeannettes fordernden Augen aus.

„Ach, nichts. Gar nichts“, flötete sie. „Ist mir nur gerade so eingefallen.“ Wieder schickte sie ihm diesen provozierenden Blick. Anschließend schaltete sie auf gleichgültig. „Ja, dann mach die Flasche eben auf. Worauf wartest du?“

„Gläser?“

„Na, da, wo sie immer stehen. Bei *mir* ist ja noch alles, wie es war.“

Was hatte Jeannette bloß vor? Karlo resignierte. Er beschloss, einfach abzuwarten und dem Abend seinen Lauf zu lassen. Was sonst hätte er tun können?

„Wow. Das ist ja ein leckeres Zeug! Das ist mal was ganz Besonderes.“ Jeannette war begeistert von Stiers außergewöhnlichem Schaumwein. An der betretenen Stimmung änderte das leider nicht viel. Karlo saß seiner Angebeteten am Wohnzimmertisch gegenüber und suchte fieberhaft nach einem unverfänglichen Gesprächsthema. Ohne Ergebnis. Deshalb war er erleichert, als Jeannette aufsprang, um nach den Rouladen zu sehen.

Auch das gesamte Essen verlief, abgesehen von Karlos überschwänglichem Lob, im Wesentlichen schweigend.

Jeannette fühlte sich mittlerweile unwohl. Sie begann, sich Vorwürfe zu machen. Hatte sie es übertrieben? Kurzerhand beschloss sie, ihren Kurs zu ändern. Als der Tisch nach dem Essen abgeräumt war, setzte sie sich auf die Couch. Sie nahm einen Schluck von dem herrlichen Rotwein, der das Essen begleitet hatte.

Auch Karlo hatte nach dem ersten Schluck große Augen bekommen. Er war, wie Jeannette selbst, kein großer Weinkenner. Dafür war der Nachbar von Jeannettes guter Freundin Sina in Hofbieber in der Rhön zuständig. Aber beide wussten durchaus, was ihnen schmeckt. Der gute Kontakt, den Jeannette über ihre Freundin Sina Mehler und deren Nachbar Paul Perlig zu dem netten und überaus kompetenten Fuldaer Weinhändler in der Königstraße pflegte, hatte sich wieder einmal ausgezahlt.

Der *Mas Picosa* war ein toller spanischer Wein, genau, wie Jeannette ihn gerne mochte. Schon in das Etikett hatte sie sich sofort verliebt. Ein kleiner Schmetterling flatterte darauf durch stilisierte Blumenranken und schien sich nicht für die nächste Blüte entscheiden zu können. Jeannette hingegen war die Entscheidung für den schönen, fruchtigen Wein leicht gefallen, der beim Probieren eine Explosion von Wildkirschen in ihrem Mund entzündet hatte. Milde Tannine sorgten darauf für eine zarte Struktur, die nicht, wie leider so oft, von schweren Holztönen erschlagen wurde. In der Hauptsache von der Rebsorte *Grenache* geprägt, verliehen ihm noch *Syrah* und *Merlot* die perfekte Rundung. Der aus Geisenheim stammende Chefönologe der Genossenschaft, ein gewisser Herr Wagner, hatte ganze Arbeit geleistet. Jeannette schüttelte die mörderischen Pumps von den Füßen und sah Karlo mit weichem Blick an.

„Jetzt komm schon her zu mir“, lockte sie mit belegter Stimme.

Puuh! Karlo brach der Schweiß aus, und er schluckte nervös. Was war denn jetzt auf einmal los?

Er gehorchte nach anfänglichem Zögern, fast ängstlich, und erhob sich aus dem Sessel. Als er endlich vor ihr stand, griff sie ihm in den Nacken und zog ihn sanft zu sich herunter. Karlo verzichtete auf jeglichen Widerstand, sank neben Jeannette auf das Sofa und nahm sie in den Arm. Während des folgenden, endlos langen Kusses konnte Karlo ein Stöhnen nicht unterdrücken. Es war kein Stöhnen der Lust. Karlo hatte Schmerzen.

Natürlich deutete Jeannette die von Karlo erzeugten Laute falsch, schmiegte sich noch näher an ihn und strich mit Nachdruck über Karlos momentan empfindlichste Stelle. „Ist ganz schön lange her, was?“, murmelte sie, „komm, lass uns nach nebenan gehen.“

Karlo quiekte laut auf.

„Jeannette“, krächzte er heiser. „Bitte entschuldige. Das geht so nicht. Ich meine, *heute* geht das so nicht. Ich würde ja furchtbar gerne, aber ...“

Jeannette löste sich mit einer heftigen Bewegung aus Karlos Armen.

„Dachte ich es mir doch. Wer ist sie?“, rief sie kratzbürstig. „Warum kommst du dann überhaupt hierher?“

„Jeannette, nein!“, beschwor Karlo die enttäuschte Frau. „Was denkst du denn bloß. Das ist es doch gar nicht. Ich habe nur – ich meine – mir tut da was weh. Ich habe wahnsinnige Schmerzen am – na ja, du kannst dir denken, wo!“

Jeannette glotzte verständnislos. Immerhin mischte sich Neugierde in ihre Verstimmung. Wie durfte sie das verstehen? Was war los mit Karlo?

„Schmerzen?“

„Ja, Schmerzen“, bellte Karlo zurück. Er beschloss, über seinen Schatten zu springen und es zu erklären.

„Du erinnerst dich daran, wie wir heute Morgen telefoniert haben?“, begann er zögerlich.

„Warum nicht? Glaubst du, ich bin verkalkt?“

„Natürlich, entschuldige. Ich hatte da einen kleinen Unfall. Ich, äh, ich habe nämlich keinen Kaffee getrunken, als du angerufen hast. Ich war gewissermaßen, wie sagt man so schön: austreten. Und ausgerechnet da hat das Handy geklingelt. Ich wollte dich aber nicht abwürgen. Weil es so schön war, dich zu hören. Ja, und dann habe ich versucht, den Reißverschluss meiner Hose zu schließen.“ Karlo machte eine Pause und wartete auf Jeannettes Reaktion.

„Ja. Und weiter? Wo ist jetzt das Problem?“ Jeannette hatte nicht verstanden.

„Mit *einer* Hand.“

Nun fiel der Groschen.

Jeannettes grenzenlose Erleichterung mündete in einem Lachanfall, an dem sie beinahe erstickt wäre.

Als sie wieder durchatmen konnte, brach sie ihren strikt gefassten Vorsatz, Karlo nichts von der Sache mit dem Sportwagen zu erzählen. Sie konnte es nun einfach nicht für sich behalten. Also fing sie an zu reden: „Dann muss ich dir auch etwas beichten. Ich hatte heute ebenfalls etwas Ähnliches wie einen Unfall."

Nachdem sie mit ihrem Bericht geendet hatte, zeigte Karlo sich natürlich aufgebracht. Sehr aufgebracht. Jeannette verpflichtete Karlo jedoch bei seiner Ehre, nichts zu unternehmen und die Sache der Polizei zu überlassen. Was Karlo auch schnell versprach.

Sehr schnell.

Zu schnell.

Die Idee, Gehring zu bitten, ihn in dieser Angelegenheit zu unterstützen, kam ihm nämlich zeitgleich. Schließlich bot der Ex-Polizist seine Dienste als privater Ermittler an. Und er, Karlo, sah sich inzwischen als eine Art freier Mitarbeiter. Doch das alles vertagte Karlo auf morgen. Er wollte ehrlich sein zu Jeannette und ihr noch etwas erklären.

Die Flasche Apfelsekt sowie die Flasche Rotwein machten es Jeannette dann leichter, das Entsetzen in Grenzen zu halten, das sich in ihr breitmachte, während Karlo seine zweite Beichte – die unglaubliche Geschichte mit Madame von der Schupflohe – ablegte.

Es war an diesem Abend nicht bei der einen Flasche Rotwein geblieben. Gegen halb eins in der Nacht hatte Karlo genug intus, um seine Schmerzen zu ignorieren.

„Alles wird gut", dachte er vor dem Einschlafen überglücklich.

Frankfurt-Fechenheim
Donnerstag, 17. Oktober, am Morgen

14

„Du weißt doch, wie das ist, Georg. Irgendwann stolpert man rein zufällig über eine Kleinigkeit. Dann kommt es eben darauf an, die Kleinigkeit richtig zuzuordnen." Martina Gehring hatte den Eindruck, sie müsse ihrem Mann Mut machen. „Das ist doch deine Hauptdisziplin", fuhr sie aufmunternd fort, „und ein bisschen was hast du ja schon rausgekriegt."

„Ach was, das Meiste habe ich von Reichard. Ich hoffe, er kriegt keinen Ärger deshalb."

Etwas missmutig biss Gehring in sein Käsebrötchen.

„Reichard wird das schon hinkriegen", wiegelte Martina Gehring ab und schüttelte den Kopf. „Außerdem kannst du ihm bestimmt auch wieder einmal helfen. Wollen wir wetten?"

Nun lächelte Gehring. Genau das hatte er dieser Tage auch schon gedacht. Seine Frau war eben immer auf Höhe der Dinge, dachte er stolz.

„Im Übrigen würde ich deiner Klientin Bericht erstatten. Einfach, um zu zeigen, dass etwas geschieht."

„Hab's schon versucht. Aber sie geht nicht ans Telefon." Gehring zuckte mit den Schultern. „Na ja, ist unter Umständen ganz gut. Vielleicht hat Kölner was aus Schranzow herausbekommen. Manchmal hat unser Chefchaot ja lichte

Momente. Wenn er was erfahren hat, habe ich hoffentlich mehr in der Hand." Gehring schaute flüchtig auf die Uhr. „So langsam könnte er mal etwas von sich hören lassen."

„Ruf ihn doch an."

„Versuche ich schon seit gestern Nachmittag. Aber sein Handy ist abgeschaltet."

Im gleichen Moment ertönte die Türklingel.

„Bleib sitzen und iss dein Brötchen. Ich schau nach."

Martina Gehring lugte aus dem Fenster, um zu erkennen, wer vor dem Tor stand. Sekunden später gab sie einen erstaunten Laut von sich.

„Na, wer sagt's denn?", lachte sie dann. „Das ist Kölner."

Georg Gehring stieß heftig Luft aus. „Na, jetzt bin ich gespannt."

„Oh, Frühstück!"

Karlo lief das Wasser im Mund zusammen, trotz des schweren Kopfes, den er mit sich herumtrug. Der kräftige Hunger, den er verspürte, war nicht zuletzt eine Folge des Glücksgefühls, das sich beim Einschlafen gestern Abend bei Jeannette eingestellt hatte und das immer noch unvermindert anhielt.

Sein Verantwortungsbewusstsein jedoch hatte ihn gewissermaßen aus dem Bett getrieben, zumal Jeannette noch schlief wie ein Murmeltier. Er hatte ihr eine Nachricht auf den Nachtschrank gelegt, dass er Georg Gehring zur Hand gehen müsse und sich später melden würde.

Und noch drei, vier Zeilen Kölner'sches Liebesgesäusel.

Auch Gehring fiel die extrem veränderte Stimmungslage bei Karlo auf. Er grinste breit, als er Karlos rosaroten Blick bemerkte.

„Was ist denn mit Ihnen los, Herr Kölner? Sie sehen ja aus wie ein frisch gevögeltes Eichhörnchen."

Martina Gehring hielt sich die Hand vor den Mund, um den Schluck Kaffee nicht über den Tisch zu prusten, den sie gerade im Mund hatte. Auch ihr war Karlos Gemütszustand aufgefallen. Sie stand auf und ging in die Küche, um Tasse, Teller und Besteck für Karlo zu holen.

Karlo strahlte wie ein Honigkuchenpferd. „Bingo, Herr Hauptkommissar."

Gehring überhörte seinen ehemaligen Dienstgrad und fragte nach. „Jeannette?"

„Jeannette!"

Martina Gehring stellte Karlo das Geschirr vor die Nase. „Bitte. Greifen Sie zu."

„Vielen Dank." Dann umwölkte sich Karlos Stirn. „Leider sind die anderen Nachrichten etwas dürftiger."

Karlo bemerkte den enttäuschten Blick von Gehring. Deshalb berichtete er ausführlich auch über die allerkleinsten Fakten und Umstände der Befragung Schranzows. Bis hin zu dem silbernen Apfelamulett, das er am Hals des Mannes entdeckt hatte.

Nach dem Bericht ließ Gehring Karlo ein wenig Zeit, um zu frühstücken. In der Folge versuchte er noch zweimal, seine Auftraggeberin zu erreichen.

Ohne Erfolg.

Martina Gehring sah ihren Mann fragend an. „Frau von der Schupflohe?"

„Geht immer noch nicht dran."

Karlo blieb fast der Bissen im Hals stecken, als er den Namen hörte. Er verschluckte sich, begann zu keuchen und wurde leichenblass.

„Herr Kölner, du meine Güte, was haben Sie denn?“ Martina Gehring klang besorgt. „Ist alles in Ordnung?“

Karlo riss sich zusammen. „Alles gut. Habe mich nur verschluckt. Das kommt davon, wenn man so gierig ist. “ Er grinste verlegen. „Entschuldigen Sie bitte.“ Dann spülte er mit Gehrings Lieblingskaffee, der legendären *Wiener Mischung* von *Wackers Kaffee*, einer alteingesessenen Fechenheimer Firma, kräftig nach.

Gehring kannte Karlo zu gut, um ihm das abzunehmen. Er wollte nachhaken, doch in diesem Moment klingelte das Telefon. Als er Reichards Nummer auf dem Display sah, hob er eilig ab und vergaß den Vorfall.

„Harald. Du hast Neuigkeiten für mich?“

„Ich habe deine Krankenschwester gefunden. War nicht ganz einfach. Sie hat Anfang der Siebzigerjahre geheiratet. Keine Kinder. Ihr Mann ist leider schon früh gestorben. Sie hat daraufhin ihren alten Namen wieder angenommen. Jetzt wohnt sie in der Friedrichstraße in Neu-Isenburg.“

„Das ist ja super“, bedankte sich Gehring. „Vielen Dank. Wenn ich mal was für dich tun kann, lass es mich wissen.“ Dann siegte die Neugier. „Was macht der Job? Gibt's was Besonderes?“

Reichard stöhnte auf. „Kann man so sagen. Eine verzwickte Geschichte. Eine Frau ist ermordet worden. Wir haben sie tot bei ihrem Friseur gefunden. Mitten im Friseursalon.“

„Du liebes bisschen! Mord beim Friseur?“

Karlo kämpfte schwer. Er hielt die Luft an, um sich nicht erneut zu verschlucken.

Gehring bemerkte es nicht. Seine Neugier wuchs. „Was für eine Frau? Und wer ...“

„Ich sag es dir ja: Das ist eine ganz verzwickte Sache. So verzwickt, wie der Name der Toten komisch klingt."

„Komisch?"

„Na ja, wenn jemand schon *von der Schupflohe* heißt."

Das Blut wich aus Gehrings Gesicht.

„Was? Doch nicht Marie-Eleonore von der Schupflohe?"

Reichard war überrascht.

„Du kennst die Frau?"

„Sieht so aus. Hör zu: Wir müssen uns treffen. Unbedingt. Ich melde mich noch in der nächsten Stunde. Ich muss das erst einmal verdauen. Gib mir bitte einen Moment."

Gehring schnaufte tief durch. Er schüttelte fassungslos den Kopf. Seine Stimme klang rau, aber auch ein wenig enthusiastisch, als er weitersprach.

„Reichard?"

„Ja, Chef?"

„Ich glaube, wir haben wieder einen Fall!"

Gehring legte auf.

Gehrings Frau war aufgesprungen. Sie hatte sofort bemerkt, dass hier etwas Katastrophales im Gange war. „Was ist denn los, Georg?", stieß sie verstört aus.

Gehring schluckte schwer. Er schaute seiner Frau in die Augen, dann fixierte er Karlo, der nicht wusste, wo er hinsehen sollte. „Sieht ganz so aus, als wäre meine erste Klientin ermordet worden", presste er hervor.

Martina Gehring sank mit offenem Mund zurück auf den Küchenstuhl.

Karlo saß zusammengesunken vor dem Frühstückstisch und wischte sich ein paarmal übers Gesicht. Die euphorisierende Wirkung der Nacht mit Jeannette war verpufft. Er wirkte wie ein Häufchen Elend. Sollte er Gehring von seiner unrühmlichen Beteiligung an dieser Sache berichten? Nein, entschied er. Zumindest fürs Erste nicht. Er musste erst nachdenken. Im Prinzip war es egal. Die Leiche war zwar offiziell erst einige Stunden später gemeldet worden. Aber vielleicht hatte er ja Glück und man konnte diese unüberlegte Handlung unterm Deckel halten. Er hoffte, der Gerichtsmediziner würde einen schlechten Tag haben. Wirkliche Erleichterung verschaffte ihm diese trügerische Hoffnung nicht.

Um das Thema zu wechseln, erzählte er mit knappen Worten die Geschichte, wie Jeannette um ihr Geld gebracht worden war.

Als Karlo geendet hatte, fasste Gehring seine Frau bei der Hand. „Hier ist was los!“, stöhnte er. „Vielleicht hätte ich doch bei der Polizei bleiben sollen. Die würden mich wenigstens bezahlen.“

Frankfurt am Main
Donnerstag, 17. Oktober

15

Im selben Moment, als Kommissar Reichard aufgelegt hatte, ging die Tür auf und Hauptkommissar Schönhals betrat das Büro. Reichard bemerkte ihn kaum, er war immer noch verwirrt. Wie hatte er das zu verstehen? Was hatte Georg mit der Leiche im Friseursalon zu tun? Andererseits sah es aus, als wisse sein Ex-Chef mehr über die Sache. Wie hatte er sich ausgedrückt? *Wir haben wieder einen Fall.* Es sah ganz so aus, als dürfe er wieder mit Georg Gehrings Unterstützung rechnen. Was Reichard nicht unlieb war. Georg war ein hervorragender Ermittler gewesen. Seine Beteiligung an den Untersuchungen würde nicht schaden. Jetzt hatte er versprochen sich zu melden, dann würde man ein Treffen vereinbaren. Nur dumm, dass niemand offiziell davon wissen durfte. „Nun“, dachte er schließlich, „das letzte Mal hat sich auch niemand beschwert. Zumindest am Schluss, als der Fall abgeschlossen war.“

Er fragte sich, ob er Schönhals jetzt schon einweihen sollte, kam aber zu keiner Antwort. Irgendwann würde er die Karten auf den Tisch legen müssen. Zuerst wollte er sich aber mit Gehring austauschen,

Dann wurde die Tür ein zweites Mal geöffnet, und Reichard wurde abgelenkt. Die Kriminaltechnik hatte eine Sonderschicht eingelegt. Kommissar Reichard blätterte im nicht allzu ergiebigen vorläufigen Bericht. Die Ergebnisse der Autopsie lagen noch nicht vollständig vor, am Tod durch Gift gab es indes keinerlei Zweifel. Eine erhebliche Dosis Tomopiram* hatte sich in Frau von der Schupflohes Körper gefunden. Dieses Mittel war eigentlich produziert worden, um der Landwirtschaft zu helfen, diverser lästiger Unkrautsorten Herr zu werden. Vor vielen Jahren war die Substanz auf den Index geraten und die Anwendung verboten worden. Auch wusste man schon einiges über den restlichen Apfelsekt, der sich noch in der Flasche, beziehungsweise in den beiden Gläsern befunden hatte. Im noch vollen Glas Belmund Haberts war nichts Verdächtiges gefunden worden. Auch die Flasche war in keiner Weise mit irgendwelchen tödlichen Stoffen kontaminiert gewesen. In den Resten des fast ausgetrunkenen Glases von Frau von der Schupflohe dagegen hatte man eine erhebliche Konzentration des tödlichen Giftes gefunden. Reichard überlegte. Was hatte das zu bedeuten?

Der einzig belastbare Schluss, den man daraus ziehen konnte, war doch, dass man Frau von der Schupflohe das Tomopiram vorsätzlich zugeführt hatte. Und zwar im Friseursalon. Belmund Habert oder seine Frau wurden durch die Tatsache verdächtig, dass sich in der Flasche und im Glas des Friseurs nichts befand.

Aber es ging noch weiter. In der Handtasche der Toten hatte sich neben den üblichen Utensilien auch ein leeres Fläschchen befunden. Das Etikett des Fläschchens wies den Inhalt als Antidepressivum aus.

Das Gift hingegen, das man ebenfalls im Fläschchen nachgewiesen hatte, war weitaus wirkungsvoller gewesen. Es war nämlich das gleiche, das man auch in Madames Glas gefun-

* *Siehe Seite 207*

den hatte: Tomopiram. Das machte die ganze Geschichte noch verworrener.

Um es aber noch komplizierter werden zu lassen, berichteten die Kollegen von übereinstimmenden Fingerabdrücken. Auf dem Fläschchen hatte man die Abdrücke von zwei verschiedenen Personen gefunden. Einmal die Abdrücke von Frau von der Schupflohe. Und dann die gleichen Abdrücke, die man auf der Visitenkarte des Friseursalons gefunden hatte, die Frau Dressler auf der Straße vor ihrem Haus aus Versehen verloren hatte.

Das Verwirrendste aber war: Laut Gerichtsmedizin war Frau von der Schupflohe zwischen dreizehn und vierzehn Uhr gestorben. Der Anruf beim Notarzt ging aber erst gegen achtzehn Uhr ein. Da war etwas faul.

In diesem Moment bemerkte Reichard seinen Kollegen erst wirklich. Offenbar ging es ihm wieder besser. Zwar wollte Harald Reichard keine medizinischen Vorträge hören, doch aus Höflichkeit fragte er nach. „Fühlen Sie sich wieder gut? Was hat die Internetsuche ergeben?"

Schönhals schaute gequält. „Geht so. Ist aber eine komplexe Sache, habe ich herausgefunden. Damit muss ich jetzt leben. Bedeutet einige Einschränkungen für mich. Ich erzähle es Ihnen später. Lassen Sie uns erst einmal den Mordfall bearbeiten."

Reichard konnte es nicht glauben. Er sah seinen Vorgesetzten mit offenem Mund an. Der eingebildete Kranke ließ eine Gelegenheit aus, sich über seine maroden körperlichen Befindlichkeiten zu verbreiten?

„Ja, was ist, Herr Kollege? Was haben wir bis jetzt?", kam es Reichard drängelnd ans Ohr. Hauptkommissar Schönhals schaute Reichard ebenso gespannt wie ungeduldig an.

Reichard schüttelte sich innerlich und begann, von den Ergebnissen zu berichten. Schönhals wiegte den Kopf hin und her. Langsam bekam er wieder Farbe ins Gesicht.

„Was hätten die Haberts für ein Motiv? Mir scheint das alles ein wenig zu offensichtlich." Schönhals wirkte nicht überzeugt. „So doof kann man doch gar nicht sein. Wenn ich jemand auf diese Weise umbringen will, mache ich mich doch nicht unnötig verdächtig. So macht das gar keinen Sinn. Und wie passt das mit der Todeszeit zusammen? Ich verstehe das nicht. Da muss doch schon vorher was gelaufen sein."

„Gelaufen? Na, vielleicht hatte unser Herr Habert was mit der Dame am Laufen?" Reichard grinste anzüglich.

Schönhals machte ein angewidertes Gesicht. Er rief sich die hübsche Tanja Habert ins Gedächtnis. Dann dachte er mit Schaudern an die aufgebrezelte alte Dame.

„Jetzt wird's aber unappetitlich. Glauben Sie das wirklich?"

„Na, ja, eigentlich nicht. Aber auf diesem Gebiet gibt es nichts, was es nicht gibt."

„Schon klar. Aber trotzdem – ich kann mir das nicht vorstellen."

„Wir sollten es trotzdem nicht aus den Augen verlieren."

In diesem Moment klingelte das Telefon. Schönhals nahm ab. „Ach, Sie sind das, Herr Dressler, ja, natürlich erinnere ich mich an Sie. Bitte? Ihre Frau sagt – ach, das ist ja interessant. Das ist sogar sehr interessant für uns. Vielen Dank. Das hilft uns. Das hilft uns bestimmt sehr."

„Das war jetzt aufschlussreich. Vielleicht haben Sie doch recht, Herr Reichard. Der Friseur, Herr Habert, scheint unsere Tote doch besser gekannt zu haben, als er zugegeben hat. Das eben war Herr Dressler. Er hat mit seiner Frau gesprochen. Und die ist sich sicher, dass sie Habert schon gesehen hat, wie er ihre Schwiegermutter zu Hause besuchte."

Bevor Harald Reichard lauthals triumphieren konnte, meldete sich das Telefon erneut. Schönhals hob ab und lauschte zunehmend fasziniert. Als er auflegte, leuchteten seine Augen.

„Langsam scheint Bewegung in die Sache zu kommen, Herr Reichard. In diesem komischen Helm, Sie wissen schon, der Helm, der im Friseursalon auf der Theke lag, hat man Haare gefunden."

„Und diese Haare stammen von ..."

„Genau! Von Frau von der Schupflohe."

„Und sie wird den Helm ja nicht zum Haareschneiden aufgehabt haben."

„Glaube ich auch nicht."

Reichard fühlte sich bestätigt. „Dann wird es Zeit, noch einmal mit Herrn Habert zu reden."

Belmondo war sofort einverstanden gewesen, ins Präsidium zu kommen. Seine Frau sollte dieses Gespräch keinesfalls mitbekommen. Er hatte zwei Termine auf den nächsten Tag gelegt und war zu Beginn der Mittagspause sofort losgefahren.

„Sie haben uns nicht die Wahrheit gesagt, Herr Habert", eröffnete Kommissar Reichard, und sofort fühlte sich Belmondo unwohl. „Sie kannten Frau von der Schupflohe besser, als Sie zugegeben haben. Es gibt eine Zeugenaussage, nach der Sie bei der Ermordeten zu Hause gesehen wurden. Und zwar an einem Montag. Haben da nicht alle Friseure ihren Ruhetag?" Reichard grinste spöttisch und konnte sich nicht verkneifen, noch hinterherzuschieben: „Oder in diesem Falle vielleicht eher ihren Unruhetag?"

„Ja, meinetwegen. Ich war bei ihr. Ein einziges Mal", wand sich der Friseur und fühlte sich offenbar sehr unbehaglich. „Aber das heißt nicht, dass ich ...", er schluckte schwer, bevor er die Sprache wiederfand. „Himmel, ich habe nichts mit dieser vertrockneten Zwiebel gehabt", stieß er dann verzweifelt aus. „Das können Sie doch nicht wirklich glauben. Das war bloß ein Service des Hauses. Ich habe ihr die Haare gemacht. Und ich gebe zu, dass man dahingestellt sein lassen kann, was Frau von der Schupflohe sonst noch für Vorstellungen hatte. Sie war schon etwas ..." Habert rang nach den richtigen Worten, „... etwas männerfixiert. Aber ich habe bestimmt nicht mit ihr – Sie wissen schon." Haberts Blick pendelte beschwörend zwischen den beiden Beamten hin und her. „Ich bin doch glücklich verheiratet."

Schönhals und Reichard schauten Belmondo stumm, aber tiefgründig an.

„Wenigstens einigermaßen", ergänzte Habert matt.

„Wenn das so ist, bleibt eigentlich nur noch zu klären, wie die Haare der Toten in Ihren Helm kamen."

Belmondo wurde es übel. Er dachte an Karlo. Sollte er von der ganzen idiotischen Geschichte berichten? Nein, das würde ihn nur noch verdächtiger erscheinen lassen. Er versuchte, Ruhe zu bewahren. Als ihm der Gedanke kam, fiel ihm ein Stein vom Herzen. So könnte er es erklären. Sie würden ihm nicht das Gegenteil beweisen können. Und Karlo würde aus der Sache rausgehalten werden.

„Das ist ganz einfach", begann er. „Sie haben es ja mitgekriegt. Madame hat so einige Bekanntschaften gepflegt. Mit den Herren der Schöpfung, meine ich. Ihre neueste

Bekanntschaft soll angeblich eine Harley besessen haben. Sie hat mir erzählt, dass sie sich fürchterlich darauf freue, auf dem Motorrad mitzufahren. Und ich habe ihr – eher scherzhaft – gesagt, sie solle sich dabei bloß einen Helm aufsetzen, weil ich keine Kundschaft verlieren wolle. Da hat sie gemeint, es wäre gut, dass ich das erwähne. Sie müsse sich tatsächlich noch einen Kopfschutz besorgen."

Die Beamten warteten, wieder in bedeutungsschwerer Stille, ab. Belmondo machte das unruhig, er fuhr jedoch mit seinen Erklärungen fort.

„Na ja, da habe ich mich an meinen alten Helm erinnert. Sie war ganz begeistert, als ich ihr gesagt habe, sie könne sich das gute Stück gerne ausleihen. Sie hat ihn auch gleich aufprobiert. Er hat gepasst wie angegossen. Dann hat sie ihn wieder abgesetzt und ich habe ihn auf die Theke gelegt. Den Rest kennen Sie."

Belmondo stand auf. „Darf ich jetzt wieder gehen? Ich habe noch Termine. Muss um halb drei wieder aufmachen."

Hauptkommissar Schönhals warf den nächsten Trumpf auf den Tisch. „Sie hatten doch zusammen von diesem Apfelsekt getrunken. Wie erklären Sie sich, dass im Glas der Dame Gift gefunden wurde, in Ihrem Glas wie auch in der Flasche nicht?"

Belmondo riss die Augen auf. „Was? Und wie soll das da hineingekommen sein? Ich bringe doch meine Kundschaft nicht um die Ecke. Auch wenn Madame zugegebenermaßen eine eher schwierige Kundin war."

„Das Beste zum Schluss", dachte Reichard, als er fragte: „Ach ja, noch eins: Sagen Sie mir doch bitte, warum der Krankenwagen erst gegen 18 Uhr gerufen wurde?"

„Weil er vorher nicht gebraucht wurde." Belmondo blieb

erstaunlich ruhig, obwohl er ahnte, was jetzt kam. Seine Frau hatte recht gehabt. Auch das noch!

„Unwahrscheinlich, Herr Habert. Frau von der Schupflohe ist laut Gerichtsmedizin spätestens um vierzehn Uhr gestorben."

Habert beschloss, es auszureizen. Schlimmer konnte es nicht werden und wenn doch, konnte er immer noch erzählen, wie es wirklich gelaufen war. Was sollte ihm schon geschehen, er hatte ja nichts getan. Aber er wollte Karlo nicht reinreiten, wo er doch versucht hatte ihm zu helfen. Auch wenn es augenscheinlich schiefgegangen war. Er wunderte sich über seine plötzliche Ruhe, als er vermutete: „Dann hat sich der Gerichtsmediziner eben getäuscht. Ich habe wirklich keine Ahnung, was das bedeutet."

Die Beamten schauten sich an, Schönhals nickte kurz und Reichard verkündete: „Gut. Dann können Sie jetzt gehen. Sagen Sie aber Ihrer Frau bitte, dass sie sich bei uns melden soll. Wir haben auch an sie noch einige Fragen."

„Was denn? Soll jetzt plötzlich auch noch meine Frau verdächtig sein? Das ist doch genauso absurd!"

„Wir gehen allen Spuren nach. Wir verdächtigen nicht, wir ermitteln." Der Hauptkommissar legte die Stirn in Falten. „War Frau von der Schupflohe denn eine Zeit lang alleine im Laden, oder waren Sie immer bei ihr?"

„Das hatte ich schon ausgesagt. Ich war einige Minuten oben in der Wohnung, bevor ich ihr die Haare machen wollte. Meine Frau ging dann als Erste runter und hat sie gefunden. Dann haben wir den Krankenwagen gerufen. Aber das wissen Sie doch schon alles."

„Würden Sie Ihrer Frau trotzdem sagen, dass wir sie sprechen wollen?"

„Natürlich. Aber, meine Herren, bitte, tun Sie mir den Gefallen und sagen Sie ihr nicht, dass ich bei Madame zu Hause war. Ich schwöre Ihnen, ich hatte nichts mit ihr. Aber meine Frau kann manchmal ganz schön eifersüchtig sein, wissen Sie. Es reicht mir schon, dass ich Ihnen alles Mögliche erklären muss. Ich möchte nicht auch noch zu Hause diskutieren."

Harald Reichard hob die Hände. „Ja, Herr Habert, wir wollen es versuchen. Versprechen können wir aber nichts." Ein sehr geknickter Belmondo machte sich auf den Heimweg. Hoffentlich ging das gut.

Die Kommissare indes waren alles andere als zufrieden mit der Lage. Sie zweifelten an Haberts Version mit dem Helm. Aber wie sollte man die Geschichte widerlegen? Es galt noch einiges zu klären.

Als Belmondo wieder seinen Laden betrat, kam ihm unwillkürlich der seltsame Streit um den angebissenen Apfel in den Sinn, den seine Frau mit ihm angefangen hatte. Hoffentlich standen jetzt nicht noch mehr Debatten dieser Art ins Haus.

Die Sache mit dem angebissenen Apfel ging dem Friseur indes nicht mehr aus dem Kopf. Irgendwo musste der hergekommen sein. Zuerst erwog er, seine Frau zu fragen. Dann schüttelte er den Kopf. Nein, das könnte wieder zu einem unliebsamen Disput führen. Er überlegte weiter. Wenn der Apfel nicht von ihm war, von wem dann? Seine Frau konnte er ausschließen. Der Einzige, der noch im Laden war, das war Jörg gewesen, der Keltermeister. Und der warf keine angebissenen Äpfel auf den Boden. Absichtlich machte das doch niemand.

Dann begann er langsam zu begreifen. Natürlich war der Apfel unbeabsichtigt auf den Boden geraten. Was, wenn Frau von der Schupflohe den Apfel angebissen hatte? Und wer hätte es sonst sein sollen? Eine Tote hält keinen Apfel mehr in der Hand. So musste es gewesen sein.

Als Belmondo den Abfalleimer öffnete, kam ihm ein aufgeregter Schwarm Fruchtfliegen entgegen. Er blies heftig Luft aus, um die winzigen Insekten aus seinem Gesicht zu vertreiben. Vorsichtig griff er in den Abfalleimer und hob die obere Müllschicht an.

Der Apfel war noch da! Damit hatte er nicht gerechnet, nachdem die Spurensicherung seinen Laden untersucht hatte. Vielleicht hatte man ja keine Verbindung zum Fall gesehen – egal. Der Apfel war jedenfalls noch hier.

Erste Zweifel kamen ihm. Wenn der Apfel noch hier war, konnte die Polizei überhaupt Interesse daran haben? In den Kriminalfilmen hieß es aber immer: *Berichten Sie auch über die kleinste Kleinigkeit.*

Er beschloss kurzerhand, genau das zu tun, und griff zum Telefon. Nebenbei würde das bestimmt Pluspunkte bei der Polizei bringen und zudem seine Glaubwürdigkeit unterstreichen, hoffte Belmondo.

Frankfurt
Am gleichen Tag

16

Reichards mit einem Einweghandschuh bewehrte Hand hielt den Apfel ans Licht. Die angebissenen Stellen waren dunkelbraun durch die Oxydation. So weit so gut. Aber das Obst kam ihm seltsam bekannt vor. Es war kein Apfel, wie er einem jeden Tag begegnet. Und ganz bestimmt war das keine Supermarktware. Aber solch einen Apfel hatte er vor kurzem schon einmal gesehen, da war er sicher. Diese auffälligen Wölbungen rings um den Stielansatz, die sich in breiten Rippen nach unten fortsetzten und ungefähr in der Mitte der Rundung ausliefen. Dann dieser besonders starke Kontrast aus Rot und Grün in der Färbung der Frucht. Das sah doch aus wie der Apfel, den Schönhals vor lauter Hunger aus Frau von der Schupflohes Wohnung hatte mitgehen lassen.

Hauptkommissar Schönhals stand währenddessen neben ihm, starrte feindselig auf den Apfel und verzog leidend das Gesicht. Dann wurde er mit einem Mal apfelgrün im Gesicht.

„Apfelallergie!“ stieß er aus und fing an zu würgen. „Ich habe eine Apfelallergie. Tun Sie diese Unheilsfrucht weg.“

Reichard konnte es nicht glauben. War es das, was der Kollege gestern Abend im Internet über sein Unwohlsein recherchiert hatte? Schon wieder eine neue Diagnose. Was man alles kriegen konnte! Unglaublich.

„Apfelallergie? Wieso haben Sie eine Apfelallergie? Sie haben doch erst gestern in der Wohnung von Frau von der Schupflohe einen Apfel gegessen." Dann hatte Reichard eine Eingebung. „Moment mal! Seit *wann* glauben Sie, Sie hätten eine Apfelallergie?"

„Na, seit ich diesen Drecksapfel bei der Schupflohe – so etwas kann ganz plötzlich ausbrechen, steht im Internet. Ach, Sie wissen doch sowieso, was ich meine. Warum fragen Sie dann?"

„Haben Sie den Apfel noch?"

„Wieso sollte ich den noch haben?"

„Was weiß ich denn? Vielleicht, um ihn Ihrem Arzt vorzuführen?"

Schönhals zog eine bittere Miene.

„Ich habe den Apfel doch in die Manteltasche gesteckt, Sie erinnern sich?"

„Klar."

„Hinterher hat der ganze Mantel nach Apfel gerochen. Ich kann ihn nicht mehr anziehen, ohne dass mir augenblicklich schlecht wird. Muss ihn unbedingt in die Reinigung geben.

„Und der Apfel?"

„Abfalleimer", nuschelte Schönhals mit leidendem Blick. Reichard verstand „Apfeleimer" und musste lachen.

„Ich weiß überhaupt nicht, was es da zu lachen gibt", ereiferte sich Schönhals mit grantigem Blick.

„Ich lach nicht wegen Ihnen", log Reichard. „Mir ist nur gerade etwas eingefallen. Ach ja – der Apfel."

„Lassen Sie mich doch mit dem verdammten Apfel in Ruhe. Mir ist schon schlecht genug. Ich bekomme gerade wieder Magenkrämpfe."

„Bitte, Herr Schönhals, nein. Ich möchte Sie bestimmt nicht quälen. Aber der Apfel, es ist wirklich wichtig, ist der noch bei Ihnen? Ich meine – im Apfel... äh, Entschuldigung, Abfalleimer? Oder ist er schon in der Mülltonne gelandet?“

„Abfalleimer“, nuschelte es zurück. Wieder musste Reichard lachen. Diesmal hatte er „Apfelheimer“ verstanden. Mit aller gebotenen Disziplin versuchte er, sich zu beherrschen.

„Wenn wir hier fertig sind, fahren wir noch bei Ihnen zu Hause vorbei. Ich brauche den Apfel.“

Als Reichard merkte, wie Schönhals erneut zu würgen begann, versuchte er den Kollegen zu beruhigen. „Ich mache das. Sie geben mir einfach die Wohnungsschlüssel und ich hole das verdammte Ding. Ich erkläre es Ihnen auf der Fahrt. Oder besser morgen Nachmittag.“

„Was soll das jetzt heißen?“

„Morgen Nachmittag?“

„Ja.“

„Na, eben: morgen Nachmittag.“

Der selbsternannte Allergiker schloss die Augen. „Haben Sie eine Ahnung, welche Kreuzallergien es da noch gibt? Und was ich wahrscheinlich nie wieder essen kann? Die ganzen gesunden Sachen werden mich ab jetzt krank machen. Birnen, Pfirsiche, Pflaumen, Kirschen, Mandeln, Kiwis, Litschis, Avocados, Birkenpollen.“

„Sie essen Birkenpollen?“

„Nein! Eben nicht! Ich bin allergisch dagegen!“

„Aber wenn Sie es nicht wären, dann ... ach, Quatsch. Ich weiß ja, was Sie meinen. Ich garantiere Ihnen: Morgen Nachmittag sind Sie Ihre Allergie los. Versprochen.“

Reichard hatte eine Idee. Schade, dass sein alter Chef, Georg Gehring, nicht hier war. Er wäre sicher stolz auf ihn gewesen.

Kommissar Reichard hatte den Apfel in ein Plastiktütchen eingepackt und im Kofferraum deponiert, um den frischgebackenen Allergiker nicht über Gebühr zu belasten. Oder eher, weil er nicht diskutieren wollte.

Eigentlich hatten die Kriminalbeamten noch vorgehabt, mit Frau Habert zu reden, doch sie war unterwegs, um Besorgungen zu machen. Sie beschlossen, die Befragung aufzuschieben.

Beim Verlassen des Salons sah Schönhals die ältere Frau an einem Fenster im zweiten Stock gegenüber. Er fasste Reichard am Arm.

„Die Nachbarn hat noch niemand befragt, nicht wahr?“

„Nein. Warum sollten wir das tun?“

„Weil uns Zeit fehlt. Die Zeit, in der Herr Habert nach oben gegangen ist, um seine Frau zu überzeugen, dass sie die Haare von Frau von der Schupflohe schneiden soll zum Beispiel. Und die Frau da oben“, er nickte so unauffällig wie möglich in die Richtung des geöffneten Fensters, „die Frau sieht aus, als würde sie alles mitbekommen, was ringsherum so passiert.“

Reichard hob den Kopf. Die Frau hatte sich offensichtlich gemütlich eingerichtet. Um es bequem zu haben, ruhten ihre Unterarme auf einem dicken Kissen. Eine große rotgepunktete Tasse stand neben ihr. Vermutlich beobachtete sie das spärliche Treiben auf der Straße und trank in aller Ruhe ihren Kaffee oder Tee dabei. Reichard stimmte dem Hauptkommissar zu. „Einen Versuch ist es allemal wert. Kommen Sie.“

Die Kommissare überquerten die Straße. Die neugierigen Blicke der Frau folgten ihren Bewegungen.

Vor der Haustür guckte Schönhals nach oben und hielt seinen Dienstausweis in die Luft. „Guten Tag. Wir sind von der Kriminalpolizei. Dürfen wir kurz mit Ihnen sprechen?"

„Was wollen Sie denn?"

Die Frau schaute erst nach rechts, dann nach links, hielt die Hand vor den Mund und senkte schließlich die Stimme. „Es ist wegen dieser Sache gestern, oder?", zischte sie den Kommissaren verschwörerisch entgegen.

„Ja, schon. Sie haben recht. Aber lassen Sie uns das bitte nicht auf der Straße bereden."

Die Frau verschwand aus dem Fenster. Als der Türöffner summte, betraten Schönhals und Reichard das Treppenhaus und gingen nach oben. Schönhals sah eine kurze Bewegung hinter dem Türspion, registrierte noch den Familiennamen „Hartmann" auf dem Türschild, dann öffnete sich die Tür.

Fünf Minuten später saßen sie in Frau Hartmanns Wohnzimmer, tranken Kaffee und bedienten sich aus einer riesigen Schüssel mit selbstgebackenen Plätzchen.

„Sehen Sie, Frau Hartmann, wir suchen aufmerksame Zeugen, die gestern etwas beobachtet haben. Wir wollen Sie keineswegs der Neugierde bezichtigen. Das hat überhaupt nichts mit Neugierde zu tun", begann Kommissar Reichard das Gespräch. „Wir sind immer froh, wenn sich Menschen für ihre Nachbarn interessieren", erklärte er. „Das kann durchaus helfen, Verbrechen zu verhindern. Oder wenigstens aufzuklären."

Frau Hartmann bemerkte die Absicht Reichards. „Ach, hören Sie auf damit", winkte sie ab. „Sie dürfen es ruhig beim Namen nennen. Das hat schon mein Egon, Gott hab ihn selig, immer gesagt. Ein halbes Jahr ist er jetzt unter der Erde. Und wissen Sie was? Er fehlt mir immer noch."

„Das tut uns leid, Frau Hartmann, wirklich. Das muss nicht einfach sein für Sie." Einen Moment war es still, dann wollte Schönhals wissen: „Und was hat Ihr Mann gesagt?"

„Ach ja, das", entgegnete Frau Hartmann gedankenverloren. „Was hat er immer gesagt? ‚Elisabeth', hat er gesagt, ‚Elisabeth, schäm dich, du bist eine neugierige alte Krähe!' "

Frau Hartmann wartete einen Moment, dann nahm sie einen Schluck aus ihrer Tasse. „Und soll ich Ihnen was sagen? Er hatte recht. Aber was soll ich machen? Ich bin über achtzig, ich habe nichts anderes mehr. Die ganzen Freunde von früher leben nicht mehr. Ein bisschen Fernsehen, die Tageszeitung", sie schaute stolz in die Runde, „ich lese noch jeden Tag die Zeitung. Und nach dem Zeitunglesen schau ich halt, was hier draußen vor sich geht. Nicht, dass viel los wäre hier in der Gegend. Außerdem werden meine Augen auch nicht besser. Auf die Entfernung sehe ich nicht mehr ganz so gut. Ich muss mir wieder neue Brillengläser machen lassen. Aber Sie wissen ja: das liebe Geld."

„Aber gestern war schon was los, nicht wahr?"

Frau Hartmann lachte fröhlich auf. Ihre faltigen Wangen begannen rosig zu schimmern. Auch ihre Stimme klang lebendiger, als sie anfing zu erzählen.

„Gestern war es völlig anders. Da gab es endlich mal was zu sehen. Zuerst kam der Krankenwagen, dann die Polizei, ja genau, Sie beide hab ich auch gesehen. Stimmt's? Sehen Sie, ich bin noch nicht verkalkt. Was ist da eigentlich passiert?"

Schönhals ging nicht auf die Frage ein.

„Es geht nicht um den Krankenwagen oder die Polizei.

Wir müssen erfahren, was vorher war. Haben Sie gesehen, wer den Salon in der Zeit vorher betreten hat?"

„Freilich. Allzu viele Leute waren das allerdings nicht. Normalerweise kommt mehr Kundschaft. Die Leute müssen ja zum Haareschneiden. Aber so interessante Sachen wie gestern sind sonst nicht zu sehen. Zuerst hat es ganz normal angefangen. So gegen halb eins. Ich hatte gerade die Zeitung durch. Da ist ein Mann rein."

„Erinnern Sie sich, wie er aussah?"

„Natürlich. Er war normal groß, aber kräftig, eine braune Jacke mit einem blaukarierten Hemd darunter, grauweiße Haare. Und er hatte es mal wieder dringend nötig."

Schönhals wirkte peinlich berührt. „Er hatte es dringend nötig?", fragte er verlegen.

Frau Hartmann guckte erst irritiert, dann lachte sie glockenhell auf. „Ach, ihr Männer! Nein, nicht was Sie denken. Mein Egon war ganz genau so. Immer nur das eine im Kopf. Nein, Herr Kommissar, ich meine, er hatte dringend einen Haarschnitt nötig." Sie kicherte noch einmal leise. Schönhals wurde puterrot, Reichard hielt die Hand vor den Mund, um nicht loszuprusten.

Ein Anflug von Ärger war im Gesicht des Hauptkommissars zu lesen. „Und dann?", bohrte er kurz angebunden nach.

„Nach einer Weile kam er wieder raus. Sah schon viel ordentlicher aus. Er ist dann zu seinem Wagen, hat ein paar Getränkekisten ausgeladen und in den Salon gebracht. Grüne Plastikkisten. Vielleicht Apfelwein. Das konnte ich nicht genau sehen. Dann ist er wieder raus zu seinem Auto und ist eingestiegen." Wieder machte sie eine Pause. Reichard war ungeduldig.

„Und dann ist er weggefahren?"

„Nein. Ist er nicht. Zuerst habe ich auch gedacht, dass er losfährt. Er hatte sogar schon den Motor an. Dann ist er aber wieder ausgestiegen. Und nochmal an den Kofferraum gegangen. Da hat er einen Pappkarton rausgeholt und in den Laden gebracht. Was drin war, konnte ich aber nicht sehen. Dann ist er aber wirklich weggefahren."

Die Polizisten sahen sich an. „Das war bestimmt der Apfelwein-Mann", vermutete Reichard.

„Jörg Stier, wenn ich mich richtig erinnere", bekräftigte Schönhals. „Und dann?" Er hatte sich wieder Elisabeth Hartmann zugewandt.

„Dann wird es schon ein bisschen interessanter. Kurz darauf kam nämlich die alte Zimtzicke."

Elisabeth Hartmann bemerkte die fragenden Blicke der Polizisten. „So hat Egon sie immer genannt", erklärte sie. „Eine seltsame Frau."

Da hatte Frau Hartmann wohl recht. Reichard ahnte, wen sie meinte. Er verkniff sich das Grinsen. „Das war dann so gegen eins?", vermutete er.

„Ja, genau."

Es folgte eine überaus blumige Beschreibung des skurrilen Gesamtzustandes der Marie-Eleonore von der Schupflohe. Die Schilderung endete mit den Worten: „Und wissen Sie, was ich glaube? Ich glaube, die hat dem Friseur ganz schön den Hof gemacht."

„Aha", versetzte Reichard und schaute seinen Kollegen vielsagend und ein wenig triumphierend an. Der ließ die Bemerkung einfach im Raum stehen.

„Und mehr war nicht?" Schönhals war enttäuscht.

„Wo denken Sie hin? Jetzt geht es erst richtig los. Nur ein

paar Minuten später kam dann diese blasse Frau. Die mit den schwarzen Haaren. Wenn Sie mich fragen, gefärbt. Die Haare passten so gar nicht zu der hellen Haut der Frau. Und eine rote Handtasche hatte sie umhängen. Aber sie hatte wohl keinen Termin gehabt. Nach vielleicht zwei, drei Minuten kam sie wieder raus und lief unsere Straße rechts runter".

Schönhals guckte seinen Kollegen sehr nachdenklich an. „Davon hat Herr Habert gar nichts erzählt."

„Vielleicht hat er es nicht mitbekommen? Er sagte doch, dass er eine Zeit lang oben in der Wohnung war", gab Reichard zu bedenken. „Sagen Sie, Frau Hartmann: Würden Sie die Frau wiedererkennen?"

„Ich denke schon, ja", sinnierte die alte Dame. Plötzlich zeigten sich Denkfalten auf ihrer Stirn und sie fasste sich an den Mund. „Eines ist allerdings seltsam", murmelte sie dann.

„Ja?"

„Als sie wieder rauskam, hatte sie die rote Handtasche nicht mehr umhängen."

„Das ist in der Tat seltsam", bestätigte Kommissar Reichard und nahm sich noch ein Plätzchen. Schönhals tat es ihm gleich. „Schmecken toll, Ihre Kekse", lobte er. „Sehr ungewöhnlich. Irgendwie erinnert mich der Geschmack an etwas ganz Bestimmtes, nein, sagen Sie nichts, ich komme noch selbst drauf. Die sind so – so überaus fruchtig, würde ich sagen."

„Plätzchen."

„Bitte?"

„Das sind Plätzchen, keine Kekse!", belehrte ihn Elisabeth Hartmann.

„Plätzchen, Kekse. Wo ist da der Unterschied?"

Kommissar Reichard unterbrach den sich anbahnenden Backunterricht abrupt. „Wollen wir nicht weitermachen? Uns läuft die Zeit davon. Gab es sonst noch etwas zu sehen?“

Frau Hartmann war einverstanden. „Und ob“, kicherte sie. „Aber zuerst gab es was zu hören. Wissen Sie, ich war gerade mal auf dem Klo. Selbst dort habe ich die komische Knatterkiste gehört. Die hat sogar meine alte Wasserspülung übertönt.“

Die Beamten hatten große Fragezeichen in den Gesichtern, trauten sich aber nicht, die alte Dame zu unterbrechen. Reichard nutzte die Pause, um sich zwei Plätzchen in den Mund zu stopfen. Auch Schönhals langte noch einmal kräftig zu.

„Der kommt so zwei- oder dreimal im Jahr vorbei. Zum Friseur, meine ich. Und immer mit dieser alten roten Knatterkiste. Die macht einen Krach wie eine Kettensäge.“

Den Beamten blieben die Plätzchen im Hals stecken. Schönhals bekam zusätzlich seinen obligatorischen Hustenanfall, Reichard spülte mit lauwarmem Kaffee nach.

„Ach, du lieber Schreck – ist etwas nicht in Ordnung mit den Plätzchen, meine Herren?“

„Sie meinen doch nicht etwa ein rotes Motorrad?“

„Woher wissen Sie das denn? Ja, doch. So ein altes Ding. Mit einem Beiwagen dran, wie man es früher gehabt hat.“

Reichard hatte die Augen aufgerissen. „Verdammt nochmal. Ich hätte es wissen müssen. Schon gestern, als der Name Karlo gefallen ist. Ich hab *doch* richtig gehört. Uns bleibt auch nichts erspart“, schloss er entnervt seinen Monolog.

„Sie kennen den Motorradfahrer?“, erstaunte sich Frau Hartmann. „Hat er was angerichtet?“

„Wo er auftaucht, ist immer etwas angerichtet", schäumte Reichard. „Aber was hat er mit dieser Sache zu tun?"

Schönhals stand auf und ging zum Fenster. Er sah einen Moment auf die Straße hinunter, dann drehte er sich um. „Wie lange war dieser Motorradfahrer im Laden?"

Frau Hartmann überlegte. „Ich bin nicht ganz sicher. Vielleicht so bis um drei Uhr? Ja, das könnte ungefähr hinkommen. Er ist aber zuerst noch in den Hof gefahren. Obwohl es Parkplätze vor dem Haus gab. Und als er weggefahren ist, war er nicht alleine."

„Nicht alleine?"

„Na, er hatte die alte Zimtzicke im Seitenwagen sitzen. Sie hatte sogar einen Helm auf."

Jetzt verstanden die Polizisten gar nichts mehr. Was hatte Karlo mit Frau von der Schupflohe zu tun? Schönhals nahm wieder Platz und stopfte sich noch ein Plätzchen in den Mund. Warum hatte Karlo Kölner Frau von der Schupflohe im Motorradgespann mitgenommen? Und vor allem: Wieso saß sie dann einige Stunden später tot im Salon?

„Das war alles?"

„Danach hab ich dann den Fernseher eingeschaltet. Ich wollte die Nachrichten sehen. Auf einmal war dann die Knatterkiste wieder da. Aber ich hab sie nicht mehr gesehen. Ich war zu langsam, sie stand wahrscheinlich schon wieder im Hinterhof. Ab da war es ruhig, und ich habe Fernsehen geguckt. Später hat es wieder geknattert. Da ist er weggefahren. Das hab ich aber auch nur gehört. Ich hab mir nichts weiter dabei gedacht. Obwohl, es war schon komisch, dass er die Frau mitgenommen hatte, wenn ich so recht darüber nachdenke. Die hat von der Art her überhaupt nicht zu einem Motorrad gepasst."

Sie schien zu überlegen. „Tja, und dann kam irgendwann der Krankenwagen. Und Sie, nicht wahr? Ab da wissen Sie ja Bescheid."

Reichard kam zuerst drauf. Die Zeit! Er entschuldigte sich bei Frau Hartmann und nahm Schönhals zur Seite. „Mensch, Herr Schönhals", flüsterte er, „zu diesem Zeitpunkt muss die Schupflohe doch schon tot gewesen sein. Warum sitzt sie dann in Kölners Seitenwagen? Und vor allem, warum bringt er sie wieder zurück?"

„Hätten Sie sie behalten wollen, in dem Zustand?"

„Das ist nicht witzig, Herr Schönhals."

„Ist klar, tut mir leid. Aber vielleicht sollten wir das unseren Herrn Motorradfahrer fragen."

„Genau das werden wir versuchen."

Dann wandten die Kommissare sich wieder Frau Hartmann zu. Doch die alte Frau hatte nichts mehr zu berichten.

Als sie sich an der Tür verabschiedeten und Frau Hartmann für den Kaffee und die Plätzchen dankten, klingelte Reichards Telefon. Auf dem Display stand der Name *Georg Gehring*.

„Ja?", meldete sich der Kommissar knapp.

„Harald?"

„Ja."

„Hast du morgen Zeit? Um zehn, vielleicht zum Frühstück? Dann können wir unsere Erkenntnisse zusammenschmeißen.

„Mhm."

„Du kannst nicht reden?"

„Genau."

„Heißt das: bis morgen?"

„Ja."

„Gut. Bis dann."
„Ja."
Reichard wollte schon auflegen. Doch Gehring war noch etwas durch den Kopf gefahren.
„Harald!", rief er hastig ins Telefon. „Du musst mir noch einen Gefallen tun. Bitte."
„Was ist denn noch?"
„Ich brauche ein Bild von Schranzow. Kannst du mir das bitte per Mail schicken? So schnell wie möglich? Heute noch?"
„Oh Mann. Hat das nicht Zeit bis morgen?"
„Ich möchte heute noch einen Besuch machen. Da brauche ich das Bild vielleicht."
„Ich sehe, was ich tun kann."
Reichard legte auf.

Während des Telefonats war Frau Hartmann zurück in die Wohnung gegangen. Kurz darauf kehrte sie mit einer kleinen, aber gut gefüllten Papiertüte zurück. Sie drückte Schönhals das Tütchen in die Hand.
„Hier, Herr Kommissar. Wo Ihnen meine Apfelplätzchen doch so gut geschmeckt haben. Ist eine eigene Erfindung. Von mir selbst ausgedacht. Mein Egon mochte doch Äpfel so sehr, wissen Sie. Da habe ich immer mal experimentiert. Aber dass Sie sie auch gerecht aufteilen, hören Sie?"
Apfel!
Plätzchen!
Schönhals wich das Blut aus dem Gesicht.
Harald Reichard zerriss es fast, als er seinen Kollegen beobachtete. Nein, er durfte jetzt auf keinen Fall anfangen zu lachen.
Schönhals hatte immerhin so viel Gespür für Höflich-

keit, dass er sich freundlich von Frau Hartmann verabschiedete und noch einmal für die große Hilfe dankte. Reichard tat es ihm gleich.

Schon auf der Treppe hielt Schönhals eine Hand auf den Magen gepresst. Dann knöpfte er sein Hemd auf, zog den Kragen herunter und blickte seinen Kollegen verzweifelt an. „Sehen Sie schon etwas?"

„Was sollte ich sehen?"

„Na, den Ausschlag. Jetzt müsste es jeden Moment losgehen mit dem allergischen Ausschlag."

„Haben Sie das auch aus dem Internet?"

„Pschyrembel."

„Die wissen auch nicht alles."

Auf der Straße bat Reichard seinen Vorgesetzten, kurz zu warten. Er wollte noch einer Idee nachgehen. Oder eher einem Gefühl. Im Laufschritt überquerte er die Straße und betrat *Belmondos Frisiersalon*. Belmondo kassierte gerade einen Kunden ab. Reichard musste grinsen. Der spärliche Haarkranz des älteren Herrn war bestimmt keine große Herausforderung gewesen. Belmondo schien trotzdem genervt von seinem Besuch. Reichard versuchte, ihn zu beruhigen.

„Nur ganz schnell. Ihr Kunde gestern, wie hieß der?"

„Sie meinen Jörg Stier?"

„Genau. Der hat Ihnen doch eine Lieferung Getränke gebracht, richtig?"

„Richtig."

„Und danach ist er noch einmal reingekommen?"

„Ja. Er hat mir noch eine Kiste Äpfel gebracht."

„Äpfel? Das ist gut. Können Sie mir die Kiste zeigen?"

Belmondo verstand nicht ganz. „Zeigen?"

„Bitte, tun Sie es einfach. Es könnte wichtig sein."

Belmondo drehte ab und ging nach oben in die Wohnung. Nachdem er zurück war und die Kiste auf die Kassentheke gestellt hatte, öffnete Reichard den Deckel. Als er hineinsah, nickte er zufrieden. Das waren genau die gleichen Äpfel.

So ein Zufall!

Dann fiel Reichard Belmondos grüblerischer Gesichtsausdruck auf. „Ist noch irgendwas?" Reichard sah Belmondo neugierig an. Der Friseur hatte eine Faust an die Nase gelegt und runzelte die Stirn.

„Ja, vielleicht. Ich weiß nicht, ob das was zu bedeuten hat. Aber komisch ist es schon."

„Was ist komisch? Jetzt reden Sie schon."

„Nun ja, zuerst ist es mir gar nicht aufgefallen. Aber als Frau von der Schupflohe reinkam, hat sie keine Handtasche dabeigehabt. Glaube ich zumindest."

„Und?"

„Ja, später dann, nachdem ich wieder im Salon war, da stand die Handtasche vor ihr auf der Ablage."

„Und da sind Sie ganz sicher?"

„Ja. Ganz sicher."

–

Am Nachmittag lagen die Äpfel, der eine aus dem Friseursalon sowie das zweite Exemplar aus Schönhals' beziehungsweise Frau von der Schupflohes Wohnung, im Labor. Die Kiste mit den Äpfeln hatte ebenfalls den Weg hierher gefunden. Und Reichard war gespannt.

Schönhals wartete indessen vergeblich auf seinen Hautausschlag.

–

Zwischenzeitlich hatte Harald Reichard, einem Gedankenblitz folgend, seine Hausaufgaben durch erhebliche Fleißarbeit ergänzt. Er hatte ein gutes Foto von einem der Äpfel machen lassen. Dann hatte er im Internet recherchiert.

Leider war es nicht ganz einfach für einen Laien, die verschiedenen Apfelsorten auseinanderzuhalten. Obwohl die betreffenden Äpfel schon eine recht eigenwillige Form und Farbgebung hatten. Trotzdem war Reichard an der Aufgabe der Zuordnung gescheitert. Aber er war bei seiner Suche auf eine vielversprechende Website gestoßen:

www.pomologen-verein.de

Die Intersetseite des Vereins ließ auf eine verlässliche Kernkompetenz schließen. Reichard lachte leise.

*Kern*kompetenz.

Schönes Wortspiel bezüglich des Fruchtkerngehäuses, befand der Kommissar. Andere hätten es vielleicht auch Kalauer genannt. Er klickte sich durch die Seiten und fand die Telefonnummer des Vorsitzenden, ein Herr Ulrich Kubina. Nach dem dritten Läuten wurde abgenommen.

Reichard erklärte sein Anliegen. Kubina zeigte sich interessiert und versprach, der Frankfurter Polizei gerne helfen zu wollen. Reichard bekam die Mailadresse des Vorsitzenden und schickte das Bild des Apfels an den Fachmann.

Nach einer Stunde schon kam die Antwort. Kubina schrieb, bei dem Apfel handele es sich mit großer Wahrscheinlichkeit um einen *Baarapfel.* Ziemlich alte Sorte, extrem selten in Deutschland. Es gebe jedoch in der Maintaler Gegend einen Spezialisten, Werner Nussbaum, der vor Ort weiterhelfen könne.

Nussbaum erklärte sich bereit, sofort aufs Präsidium zu kommen, um sich den Apfel selbst anzuschauen.

„Nein", verkündete der Pomologe entschieden. „Das kann eigentlich nicht sein. Ich bin fast sicher, dass diese Sorte in ganz Hessen nicht angebaut wird. Und keinesfalls kommt sie hier in den Handel. Die einzige Möglichkeit wäre, dass ein Privatmann eine solche Sorte bei sich im Garten pflegt.

Außerdem sind diese Äpfel, nun ja, sagen wir mal: geschmacklich eine Besonderheit. Sie schmecken ziemlich rau. Nicht jedermanns Sache. Obwohl es Leute gibt, die tatsächlich genau diesen Geschmack mögen."

Reichard kratzte sich am Kopf. Wo also kamen diese Früchte her? Er bedankte sich bei Nussbaum und fuhr fort, sich den Kopf zu zerbrechen.

Dann erst kam er drauf: Es gab ja *noch* einen Apfelfachmann. Einen, der in die ganze Geschichte irgendwie eingebunden war. Warum hatte er nicht zuerst dort angerufen?

Er wählte die Telefonnummer der Kelterei Stier.

„Klar weiß ich, woher die Äpfel kommen", verkündete der Keltermeister. „Die hab ich von Herrn Dressler."

Reichard versuchte, mit seinem frisch erworbenen Fachwissen zu glänzen. „Mir wurde von einem Fachmann gesagt, diese Äpfel gibt es gar nicht bei uns in Hessen. Vor allem nicht im Handel. Wie kann es dann sein, dass die bei Ihnen auftauchen?"

Stier lachte. „Na, ganz einfach. Herr Dressler hat ein Faible für alte und seltene Apfelsorten. Er hat in seinem Privatgarten einige Sorten, die er hegt und pflegt. Manchmal bringt er mir ein paar Kisten davon, einfach als Geschenk, als etwas Besonderes. Die nehme ich aber nicht zum Keltern. Die esse ich selbst. Oder verschenke sie an gute Freunde weiter."

Reichard spürte tiefe Enttäuschung. Jetzt hatte er so viel

Neues herausgefunden. Doch tatsächlich hatten einige Leute Zugriff auf die seltenen Äpfel. Da waren zum einen, ganz klar, die Dresslers. Denen gehörte ja der Baum. Dann Jörg Stier, als Beschenkter.

„Das heißt, die Äpfel, die Sie dem Friseur geliefert hatten, waren ebenfalls von dieser Sorte?"

„Ja, genau. Woher wissen Sie davon?"

Reichards Enttäuschung wuchs. Natürlich konnte der Apfel in Frau von der Schupflohes Wohnung von ihrem Sohn oder von dessen Frau stammen. Er konnte aber auch von Belmondo sein, wenn man voraussetzte, dass der Friseur doch engere Kontakte zu ihr hatte.

Auch Jörg Stier, den Apfelweinproduzenten, durfte er nicht von den Kontakten zur Ermordeten ausschließen.

Das letzte Telefonat des Tages führte Reichard dann wieder mit dem Labor. Gerade als er auflegte, betrat Schönhals das gemeinsame Büro.

Kurz umriss Reichard die Bedeutung des seltenen Apfels für die Ermittlungen. Schönhals lauschte fasziniert und vergaß nicht nur, sich zu setzen, sondern auch noch seine Apfelallergie.

„Gute Arbeit, Herr Reichard", lobte er den Kommissar. „Jetzt müssen wir nur noch die richtigen Schlüsse daraus ziehen."

„Nur noch? Toll!", dachte Reichard und verkniff sich jeden Kommentar. Laut erwiderte er dann: „Ach, ich hatte Ihnen ja noch etwas anderes versprochen. Was macht eigentlich Ihre Allergie?"

Schönhals war irritiert. „Wieso fragen Sie? Hatten Sie nicht gesagt, Sie wollten ..."

„Genau. Darauf komme ich jetzt. Ich habe zwei gute

Nachrichten für Sie. Die erste: Sie haben höchstwahrscheinlich ein Riesenglück gehabt. Der Apfel hat Ihnen nicht geschmeckt, nicht wahr?"

„Nein, hat er wirklich nicht. Das war ein sehr, wie soll ich sagen, strenger Geschmack. Ich hatte einen solchen Hunger, habe aber schon diesen einen Bissen kaum runtergekriegt."

„Sehen Sie, und genau das war Ihr Glück."

„Was soll das jetzt wieder heißen?"

„Das Labor ist leider noch nicht so weit. Aber überlegen Sie doch mal: Dieser Apfel war bestimmt mit irgendetwas präpariert. Zum Glück haben Sie ihn nur einmal angebissen. So haben Sie nur ein wenig Bauchzwicken bekommen."

„Ach du lieber Himmel!" Schönhals blieb mühsam beherrscht. „Und die zweite gute Nachricht?"

„Na, das erklärt sich doch jetzt von selbst. Es ist, wie ich schon gesagt habe: Sie haben keine Apfelallergie."

Jetzt wurde Schönhals blass um die Nase, und er ließ sich auf einen Stuhl fallen.

Neu-Isenburg
Donnerstag, 17. Oktober

17

Es hatte geklappt. Kurz bevor Gehring das Haus verlassen wollte, war das Bild von Sarstedts Freund Schranzow eingetroffen. Gehring hatte es ausgedruckt und war losgefahren. Er war gespannt, ob ihm Annegret Horweiler weiterhelfen konnte. Morgen früh um zehn Uhr würde er dann möglicherweise gemeinsam mit Reichard einige Dinge klären können.

Auf der Sprendlinger Landstraße in Offenbach ärgerte er sich bereits, dass er nicht den Weg über die Autobahn gewählt hatte. Der Verkehr war zähfließend, außerdem hatte es an der Kreuzung beim Stadtkrankenhaus einen Unfall gegeben, was den Verkehrsfluss ebenfalls stark hemmte.

Als er dann in Neu-Isenburg von der Hugenottenallee in die Friedrichstraße einbog, musste er länger nach einem Parkplatz suchen. Es hatte fast eine Stunde gedauert, bis er vor dem Haus, in dem Annegret Horweiler wohnte, angekommen war. Er drückte auf die Klingel, und es vergingen nur einige Sekunden, bis er die Tür öffnen konnte. Er stieg die Treppe zum ersten Stock empor. Auf dem Treppenabsatz angekommen, bemerkte er, wie sich über ihm die Tür im ersten Stock öffnete. Gehring blieb stehen und schaute nach oben.

Die ältere Dame wirkte enttäuscht, als sie ihn bemerkte. „Sie sind ja gar nicht vom Paketdienst."

„Nein. Erwarten Sie ein Paket?"

„Ja. In der Internet-Recherche steht, dass das Paket heute Mittag geliefert wird."

Eine moderne alte Dame.

„Es tut mir leid. Aber ich habe Ihre Telefonnummer nicht herausbekommen. Ich hätte Sie sonst vorher angerufen.

Die Frau wurde misstrauisch. „Kennen wir uns denn?"

Gehring hob die Hände. „Mein Name ist Georg Gehring", stellte er sich vor. „Nein, wir kennen uns nicht", gab er dann zu. Er beschloss, gegen seine eigentliche Überzeugung, den Polizisten-Trumpf ein letztes Mal auszuspielen. Und wenn es nur sei, um der alten Dame die Angst zu nehmen. Sie hatte ja nichts Böses von ihm zu erwarten. Wohl war ihm allerdings nicht dabei. „Ein ehemaliger Kollege, er ist Kommissar bei der Frankfurter Kriminalpolizei, hat mir Ihre Adresse gegeben."

Gehring spürte die Abwehr. Er konnte es ihr nicht verdenken. „Sie sind von der Polizei?"

„Nein, ich bin nicht von der Polizei. Ich meine, nicht mehr. Ich betreibe private Ermittlungen."

„Hat man Sie rausgeworfen?"

Diese Entwicklung der Situation gefiel Gehring ganz und gar nicht. Fast hätte er grinsen müssen über die Frage, sie schien aus Sicht der Frau alles andere als unberechtigt.

„Georg, du bist ein Idiot! So geht das nicht", schimpfte er sich selbst. Ohne die formale Autoriät eines Kriminalbeamten zu besitzen, sollte er auch nicht versuchen, sie noch einmal heraufzubeschwören. Er war sich gewissermaßen selbst in die Falle gegangen und beschloss, das ab sofort grundlegend anders zu machen.

„Nein, hat man nicht. Ich habe aus freien Stücken aufgehört. Aber Sie müssen wirklich keine Angst vor mir haben. Wenn Sie mich nicht hereinbitten möchten, geben Sie mir einfach Ihre Telefonnummer. Ich rufe Sie an, dann reden wir am Telefon. Ich habe nur ein paar Fragen zu einer ganz alten Geschichte. Sie könnten mir möglicherweise sehr helfen."

Zuerst zögerte Frau Horweiler. Einen Moment lang betrachtete sie den ziemlich verlegen wirkenden Gehring, der immer noch auf dem Treppenabsatz stand.

„Einen Moment bitte", bat sie Gehring um Geduld und ging zurück in die Wohnung. Nach einer Minute war sie zurück und winkte dem Ex-Hauptkommissar.

„Na, dann kommen Sie schon hoch. Aber Ihren Personalausweis will ich sehen."

Gehring zeigte der Frau den Ausweis. Dann drückte er ihr eine seiner neuen Visitenkarten in die Hand, die er eigens für seine neue Betätigung hatte anfertigen lassen. Frau Horweiler war zufrieden und ließ ihn in die Diele treten. Dann schloss sie die Tür und schaute ihn fragend an.

„Um was geht es denn?"

„Es geht, wie gesagt, um eine ganz alte Geschichte. Sie waren doch einmal Krankenschwester an der Uniklinik in Frankfurt."

„Du meine Güte. Das ist ja schon fast nicht mehr wahr. Wissen Sie, wie lange das her ist?"

„So um die fünfzig Jahre?"

„Das stimmt. Sie scheinen Ihre Hausaufgaben gemacht zu haben. Lange war ich allerdings nicht dort beschäftigt. Aber warum fragen Sie danach? Was interessiert Sie daran so sehr?"

Gehring beschloss, fürs Erste nichts über den Tod seiner

Klientin zu erzählen. „Nun", begann er vorsichtig, „man hat mich beauftragt, jemanden zu suchen. Vielleicht können Sie mir helfen. Es geht um ein ausgesetztes Kind, das Sie damals entdeckt haben."

Ein Schatten legte sich über das Gesicht der Frau.

„Natürlich. Ich habe mich schon gewundert, dass ich die ganzen Jahre meine Ruhe gehabt habe. Dabei habe ich das Kind ja nur gefunden. Sonst habe ich nichts damit zu tun. Das müssen Sie mir glauben."

Gehring fühlte die Nervosität der Frau. Er war plötzlich sicher, dass das noch nicht alles war. Er musste vorsichtig sein, sonst würde Frau Horweiler nichts mehr sagen.

„Sie brauchen sich doch nicht vor mir rechtfertigen, Frau Horweiler. Wenn Sie nicht über die Sache reden wollen, dann gehe ich einfach wieder. Sie haben damals Ihre Pflicht getan, soweit ich das weiß, und dann ging die Sache ihren offiziellen Weg."

Die Krankenschwester war offensichtlich bedrückt. Es arbeitete in ihr. „Genau. Der offizielle Weg. Das ist es ja. Da setzt eine verantwortungslose Frau ihr eigenes Kind aus. Und alles geht seinen offiziellen Weg. Und was aus dem Kind wird, ist allen völlig egal."

„Das hat Sie damals ziemlich mitgenommen, wie mir scheint."

„Das nimmt mich heute noch mit, glauben Sie mir. Ich kann diese Frau einfach nicht verstehen. Ich habe damals alles versucht." Sie unterbrach sich und rang einen Moment lang nach Worten. „Ach, ich meine, ich hätte mich einfach mehr darum kümmern sollen. Als ich nach Jahren erfuhr, dass ich selbst keine Kinder bekommen konnte, war es zu spät."

„Sie meinen für eine Adoption?"

„Vielleicht. Ach, ich weiß es nicht. Doch, ich meine, nein, das hätte nicht gepasst“, wies sie den Gedanken dann entschieden zurück. „Ist jetzt auch egal. Schon lange.“

Gehring spürte, dass Frau Horweiler kurz davor war, mehr zu offenbaren. Dann lenkte sie ab. „Entschuldigen Sie. Wir stehen hier in der Diele rum. Kaffee?“

„Sehr gerne.“

Der Duft des frischen Kaffees riss Gehring aus seinen Überlegungen. Er hatte seine Unterarme auf die grauweiße Resopalplatte des Küchentisches gelegt. Seine Augen folgten dem blankgeputzten Messingband, das die Tischkante einfasste. Gehrings Spannung hatte sich verstärkt. Frau Horweiler musste bestimmt kein schlechtes Gewissen haben, da war er sich beinahe sicher. Und doch lag etwas in der Luft, unausgesprochen. Sie schien mit einer Art Schuld zu kämpfen, für die sie vielleicht nicht verantwortlich war, gegen deren Existenz sie sich aber nur schwer erwehren konnte.

Gehring hob seine Tasse und nahm einen Schluck. Sein Blick blieb in den Augen der Krankenschwester hängen. Sie wartete ab, bis er es selbst aussprach.

„Sie wussten, von wem das Kind war!“

Annegret Horweiler senkte den Blick. Sie zögerte, doch Gehring spürte, dass er ins Schwarze getroffen hatte.

„Dieser Karton. Das war dermaßen schrecklich. Ich bin richtig wütend geworden. Nicht nur, dass Elli das Kind ausgesetzt hatte. Nicht einmal ein hübsches Körbchen hatte sie übrig. Einzig das schöne Medaillon hat mich damals ein wenig versöhnt.“ Sie wischte sich verstohlen eine Träne aus dem Augenwinkel.

„Medaillon?“

„Ja. Sie hatte dem Kind ein Medaillon umgehängt. Es war silbern und sah aus wie ein Apfel." Sie wurde verlegen. „Na ja, ich habe es geöffnet und reingeschaut. Das war doch nicht schlimm, oder? Ich war so neugierig und aufgeregt."

„Was war drin?"

„Sie hatte eine Locke von ihren Haaren reingetan. So hatte das Kind wenigstens etwas von seiner Mutter dabei." Ein tiefer Seufzer folgte, ehe sie noch hinzusetzte: „Genutzt hat es dem Kind wahrscheinlich nichts. Noch Kaffee?"

Gehring wurde es heiß und kalt gleichermaßen. Apfelmedaillon? Da war doch etwas gewesen. Hatte nicht Kölner von einem Apfelmedaillon berichtet? Gehring kniff die Augen zusammen und fasste sich ans Kinn. Diese Geste war selten geworden, seitdem er keinen Bart mehr trug, und er nahm die Hand wieder weg.

Richtig! Schranzow. Gehring erinnerte sich. Der hatte laut Karlo solch ein Medaillon umhängen. Gehring glaubte nicht besonders an Zufälle. Sollte etwa Schranzow das gesuchte Kind sein? Was war aber dann mit Sarstedt?

Gehring griff in seine Tasche und holte Schranzows Bild heraus.

„Kennen Sie diesen Mann?"

Die Krankenschwester schaute sich das Bild aufmerksam an. Dann schüttelte sie den Kopf. „Nein. Wer soll das sein?"

Gehring war enttäuscht, doch eigentlich hatte er nichts anderes erwarten können. Woher hätte sie Schranzow auch kennen sollen? Nun, es war ein Versuch gewesen.

Annegret Horweiler hatte die Tasse des ehemaligen Hauptkommissars mit zur Kaffeemaschine genommen und nachgeschenkt. Sie stellte die Tasse wieder vor Gehring ab und setzte sich ebenfalls an den Tisch. Gehring sah sie an.

„Würden Sie mir den Namen Ihrer Bekannten verraten? Bitte, Sie würden mir sehr helfen. Und wenn es sich vermeiden lässt, werde ich den Namen auch nicht weitergeben."

Gehring merkte, wie sie mit sich rang. Er ließ ihr ein wenig Zeit, dann schaute er sie freundlich an.

„Und?"

Sie atmete tief durch, dann begann sie zu reden. „Ich habe sie immer nur Elli genannt. Sie war damals meine beste Freundin. Es war einfach gut, wie es war. Ich habe ihre vielen Männergeschichten zwar nie verstanden, aber trotzdem waren wir gute Freundinnen. Bis dann diese Sache passiert ist. Es ging danach einfach nicht mehr."

„Elli also. Und weiter? Der Nachname?"

„Aus ihrem Nachnamen hat sie immer eine große Geschichte gemacht. Macht doch keinen Sinn, so ein Adelstitel. Zumindest heute. Eigentlich belastet einen das nur. Aber sie hat immer damit herumgeprahlt. Als wäre das was Besonderes. Vielleicht habe ich ihr deshalb die Sache mit dem Baby nicht verzeihen können."

„Adelstitel?" Gehring schwante Übles.

„Ja. *Von der Schupflohe.* Dabei hatte die Familie einfach nur ein paar Kneipen. Und zwar völlig profane."

Gehring holte tief Luft. Es wurde immer verzwickter! Und Gehring spürte förmlich, dass da noch etwas war. Irgendetwas verheimlichte ihm Frau Horweiler.

„Und Sie haben sie wirklich seit fast fünfzig Jahren nicht mehr gesehen?"

Die alte Dame schwieg. Und er beschloss, die Karten auf den Tisch zu legen.

„Machen wir einen kleinen Handel, Frau Horweiler. Lassen Sie uns einfach unser Wissen austauschen. Ich sage Ihnen, was ich weiß, und dann erzählen Sie mir einfach die Wahrheit."

„Ihr Wissen gegen meine Wahrheit also?"

„Wenn Sie so wollen."

„Sie meinen doch eher, Sie beanspruchen mein Wissen, um damit die Wahrheit herausfinden zu können."

„Dann sagen Sie mir eben, was Sie wissen."

Annegret Horweilers Lächeln wurde von Bitternis überlagert.

„Zuerst Sie."

„Also gut." Gehring rieb sich die Augen, dann schaute er die Krankenschwester fest an. „Es ist vor allem eine schlechte Nachricht, die ich für Sie habe. Frau von der Schupflohe ist tot."

„Tot", wiederholte die alte Dame tonlos. Sie blieb ohne jede sichtbare Reaktion.

„Ja. Es tut mir leid. Sie wurde ermordet. Wenn Sie mir dabei helfen möchten, herauszufinden, was passiert ist, dann sagen Sie mir jetzt bitte, was Sie wissen."

„Sie meinen, nun, wo sie tot ist, bin ich ihr zu nichts mehr verpflichtet?"

„Ich meine gar nichts. Diese Entscheidung müssen Sie selbst treffen."

Sie stand auf, holte die Kaffeekanne und goss nach. Dann setzte sie sich wieder.

„Gut", begann sie. „Sie haben recht. Elli war vor einiger Zeit hier. Ich weiß nicht, wie sie mich gefunden hat, aber Sie haben das ja auch geschafft." Sie schien noch mit sich zu ringen. Gehring wartete einfach ab. Plötzlich fuhr sie fort.

„Als sie vor der Tür stand, habe ich sie sofort erkannt. Es war aber irgendwie ganz schrecklich. Sie war so alt geworden. Trotzdem wusste ich gleich, wer da vor mir steht. Sie wirkte wie eine Karikatur der Elli, die ich von früher kannte. Sie hatte wohl nie versucht, sich zu verändern, ihre Fassade war die gleiche wie früher. Aber es passte einfach nichts mehr zusammen, Sie verstehen?"

Gehring ahnte, was sie meinte.

„Sie war völlig aufgelöst, hatte geweint und sprach wirres Zeug über Schuld, und dass sie jetzt die Quittung bekommen habe. Ich bat sie herein, wir haben etwas getrunken, und dann hat sie mir alles erzählt."

Frau Horweiler atmete tief durch und trank einen großen Schluck Kaffee, bevor sie fortfuhr.

„Sie erwähnte den Streit, den sie mit ihrem Sohn Gerhard und ihrer Schwiegertochter hatte. Sprach von ihren Liebschaften, nachdem ihr Mann gestorben war. Das war für mich ja nichts wirklich Neues. So war sie ja früher schon. Aber dann erzählte sie von Walter. Dass sie sich unsterblich verliebt habe. Und dass sie ihn geheiratet hatte. In aller Heimlichkeit. Ihr Sohn war wohl nicht allzu angetan von dem neuen Liebhaber seiner Mutter. Und Elli wollte einfach nicht noch mehr Streit heraufbeschwören. Dann aber wurde sie unsicher, ob wirklich alles mit Walter in Ordnung sei. Sie erzählte, sie habe seltsame Telefongespräche belauscht. Und sie fragte mich, ob ich es in Ordnung fände, wenn sie einen Privatdetektiv beauftrage, nur zur Sicherheit."

Sie stockte plötzlich, riss die Augen auf und blickte Gehring erschrocken an.

„Sie war bei Ihnen!", stieß sie aus.

„Ja", gab er zu. „Sie war meine Klientin. Aber erzählen Sie doch weiter. Was passierte dann?"

„Ellis Schwiegertochter, Beate heißt sie, glaube ich, schien irgendwann eine fixe Idee gehabt zu haben. Aufgefallen ist es Elli erst, als diese Beate sie mit der Nase darauf gestoßen hatte. Da war aber leider schon alles zu spät. Beate hat sich zuerst nur lustig gemacht über die Tatsache, dass ihr Mann und der neue Freund ihrer Schwiegermutter sich äußerlich so ähnlich waren. Eigentlich bloß eine dumme Idee, dachte sie zuerst. Diese Idee ist dann aber immer stärker geworden, hat sich quasi verselbstständigt. Schließlich ist die Neugier zu stark geworden. Als ihre Schwiegermutter nicht zu Hause war, ist sie in ihre Wohnung gegangen und hat sich Haare besorgt. Von ihrer Schwiegermutter und deren Freund. Oder besser gesagt, deren Ehemann. Das war ganz einfach, sie hatte ja einen Wohnungsschlüssel. Und selbst wenn sie erwischt worden wäre, wäre ihr bestimmt eine Ausrede eingefallen. Mit diesen Haaren hat sie dann einen privaten Gentest machen lassen."

Annegret Horweiler ließ ihre Worte einen Moment wirken und schluckte. Das Weitersprechen fiel ihr nun spürbar schwer.

„Na ja", presste sie dann heraus, „das Schlimme ist, dass es eben *keine* dumme Idee war. Entschuldigen Sie bitte, wenn ich es so drastisch ausdrücke: Plötzlich wurde Elli bewusst, dass sie schon seit Monaten mit ihrem eigenen Sohn intim war."

Gehring ließ das Gehörte erst einmal auf sich wirken. Das war schon eine ziemlich harte Nummer. Er sah sich die Frau aufmerksam an, wie sie vor ihm am Küchentisch saß und ihre Hände knetete. Etwas bedrückte sie noch, das war zu sehen. Gehring ließ ihr einen Augenblick, dann fragte er behutsam: „Sie wollten mir aber *noch* etwas sagen, Frau Horweiler, nicht wahr?"

Diesmal zögerte sie nicht mehr.

„Nun, es ist schon eine ziemliche Weile her, das Datum kann ich Ihnen nicht mehr genau sagen, da war er bei mir."

„Er?"

Sie überhörte die Nachfrage. „Er hat wohl selber nachgeforscht. Er sagte, jemand aus dem Kinderheim habe ihm meine Adresse gegeben. Er hat mir erzählt, er habe danach jahrelang gewartet und nachgedacht. Bis er endlich so weit war, zu mir zu kommen und mit mir zu reden. Und jetzt sitzen Sie hier und erzählen mir, dass Elli tot ist." Annegret Horweiler senkte den Kopf. „Ich glaube, ich habe einen schweren Fehler gemacht", sagte sie leise.

„Einen Fehler?"

„Ja. Ich habe ihm gesagt, wer seine Mutter ist."

Frankfurt
Freitag, 18. Oktober

18

Georg Gehring wollte seinem ehemaligen Kollegen Reichard die aktuellen Neuigkeiten lieber sofort zukommen lassen. Zu viel war passiert. Sie hatten das vereinbarte Treffen gestrichen und sich schon am Donnerstagnachmittag telefonisch ausgetauscht. Reichard hatte sich überaus konsterniert gezeigt, was das pikante Verhältnis Sarstedts zu Frau von der Schupflohe betraf. Eine solche Konstellation gab es sicher nicht oft. Reichard war also auf dem Laufenden, was die Erkenntnisse seines ehemaligen Chefs betraf. Was Sarstedt anging, so wusste niemand, wo er sich momentan aufhielt.

Naturgemäß berichtete Reichard auch von der Aussage der Nachbarin Belmondos. Und dass diese Karlo Kölner gesehen hatte. Mitsamt Frau von der Schupflohe im Seitenwagen sitzend. Gehring schlug die Hände über dem Kopf zusammen. Was war das für eine Geschichte?

Kölner war aus allen Wolken gefallen, als ihn Gehring mit diesem Wissen der Kriminalpolizei konfrontierte und legte ihm eine umfassende Beichte ab. Gehring kannte Karlo mittlerweile zu gut, als dass er glauben würde, er hätte etwas mit dem Tod der alten Dame zu tun. Ungünstig war allerdings, dass die Polizei nun auch nach Kölner suchte. Karlo hatte sich nach dem Telefongespräch sofort zu

Gehring begeben. Er hatte sein Gespann im Garten des Clubhauses in Oberrad abgestellt und war mit dem Fahrrad gekommen. Falls man nach ihm suchen sollte, wäre das nicht so auffällig. Das Fahrrad hatte er um die Ecke an einer Laterne befestigt. Einige Minuten später stand er vor Gehrings Haus und klingelte.

„Herr Kölner, Herr Kölner. Das war keine Meisterleistung", tadelte Gehring, als sie am Küchentisch saßen. „Was haben Sie sich dabei bloß gedacht?"

„Na ja, eigentlich habe ich bloß Belmondo Ärger ersparen wollen. Mir war klar, dass er oder seine Frau nichts mit dem Tod der Kundin zu tun hatten."

Nun ging Gehring an die Decke.

„Was macht Sie da so sicher?", schäumte er. „Immerhin könnte es sein, dass er was mit Frau von der Schupflohe gehabt hat. Er wäre ja nicht der Einzige gewesen, oder was glauben Sie? Und ich Blödmann spanne Sie auch noch in meine Ermittlungen ein. Ich muss verrückt sein."

Karlo überlegte fieberhaft, wie er Gehring beruhigen könnte. Er versuchte, das Gespräch über die Ermittlungsarbeit weiterzuführen. Das würde Gehring vielleicht ablenken.

„Was ist eigentlich mit Sarstedt? Hat man ihn schon befragt?", fragte er schließlich kleinlaut.

„Da ist die Polizei nicht weiter als Sie. Und Sie haben ihn ja auch nicht gefunden."

Gehrings Vorwurf war zumindest nicht unberechtigt. Es war auch kein Versuch, sich zu entschuldigen, als Karlo mutlos sagte: „Was sollte ich tun? Schranzow wollte eben nichts sagen. Hätte ich etwas aus ihm rausprügeln sollen? Vielleicht wusste er ja wirklich nichts."

„Schranzow", wiederholte Gehring nachdenklich. Er ging

zur Garderobe, griff in seine Jacke und zog das Bild hervor, das er ausgedruckt hatte, um es Annegret Horweiler zu zeigen. Dann ging er zurück in die Küche und legte es auf den Tisch. Karlo guckte neugierig.

„Wer ist das?"

„Wer soll das sein? Schranzow natürlich."

„Das ist doch nicht Schranzow. Der sieht doch ganz anders aus."

„Natürlich ist das Schranzow", entgegnete Gehring unwirsch. „Ich kenne ihn. Hab ihn sogar mal festgenommen. Das habe ich Ihnen aber erzählt."

Karlo war verblüfft.

„Wenn das Schranzow ist, wer war dann der Mann in Schranzows Wohnung in der Mailänder Straße?"

„Dreimal dürfen Sie raten."

In genau diesem Moment dämmerte es Karlo.

„Verdammt. Sarstedt!", stieß Karlo aus. Der vermeintliche Schranzow. Der Mann aus dem Haus in der Gotenstraße, der ihm so bekannt vorgekommen war, als er an der Ampel gestanden hatte. Dann runzelte er die Stirn. „Was werfen wir ihm eigentlich vor? Außer, dass er seine eigene Mutter geheiratet hat."

„Suchen Sie es sich aus, Herr Kölner. Bisher hat ihn ja niemand befragt."

Karlo bemerkte den leisen Vorwurf. Einen Moment saß er da und starrte mit leerem Kopf auf den Küchentisch. Wieder erschien ihm diese Szene: Er sah sich selbst vor einer roten Ampel stehen. Er bemerkte den schlanken Mann, der aus einer Haustür trat. Der Mann fuhr sich mit der Hand durch die Haare. Und dann sah Karlo den kleinen roten Sportwagen am Straßenrand. Jeannette fiel ihm ein und ihre vielen Euros, die sie eingebüßt hatte, und es dämmerte zum zweiten Mal. Karlo war plötzlich wütend auf sich selbst. Warum war er da nicht eher draufgekommen? Das war keine Meisterleistung gewesen, derartige Geschichten hatte er schon wesentlich besser gelöst. Er sprang auf und wandte sich zur Tür.

„Ich muss weg!“

„Wie, weg? Was haben Sie vor?“

„Das, was eigentlich die Polizei tun sollte. Sarstedt suchen“, erwiderte Karlo atemlos. Dann drehte er sich noch einmal herum.

„Betrachten Sie Ihren Auftrag eigentlich als erledigt? Ich meine, Ihre Klientin lebt ja nicht mehr. Oder wollen Sie wissen, was passiert ist?“

Gehring grinste verlegen. Er stand ebenfalls auf.

„Okay, Herr Kölner. Aber bitte keine weiteren Dummheiten. Und keine Alleingänge mehr. Ich will über alles informiert werden. Über alles, haben Sie gehört? Also, wir teilen uns die Arbeit. Und zwar machen wir es folgendermaßen ...“

Karlo war zum Glück immer noch ziemlich fit. Und durch die Stadt ging es mit dem Fahrrad möglicherweise nicht viel langsamer voran als mit der MZ. Das Gespann wäre zu auffällig, zumal ihn die Polizei bestimmt gerne gesprochen hätte. Dafür hatte er jetzt keine Zeit.

Als er auf die Hanauer Landstraße einbog, zog er sein Handy aus der Tasche und wählte Jeannettes Nummer. Nachdem er erfahren hatte, was er wissen wollte, entschied er sich, nicht zur Mailänder Straße zu fahren. Er hatte eine andere Idee.

„Schade", kam es ihm noch in den Kopf, „wäre die gleiche Richtung gewesen. Da hätte mich Gehring glatt mitnehmen können."

Als er an Gehrings Anweisungen dachte, zögerte er nur kurz, dann entschloss er sich folgsam, Gehring von der Änderung des gemeinsamen Plans zu informieren. Er wählte die Nummer des privaten Ermittlers. Das Freizeichen ertönte einmal, dann meldete sich die Mailbox. „Verfluchter Mist. Warum macht er das Handy aus? Da will man mal alles richtig machen und dann das."

Karlo legte frustriert auf und trat in die Pedale, dass die Kette knackte.

Jeannette Müller indes war unruhig geworden, nachdem sie aufgelegt hatte. Das Telefongespräch mit Karlo war dazu geeignet gewesen, ihr große Sorgen zu bereiten. Karlo hatte etwas vor. Bestimmt wieder einmal in guter Absicht. Er hatte nicht darüber reden wollen, doch alleine die Tatsache, dass er nach der Adresse der Wohnung gefragt hatte, in der sie auf solch niederträchtige Art ihr Geld eingebüßt hatte, bereitete ihr Kummer.

Jeannette machte sich große Vorwürfe, dass sie nachgegeben und ihm die Adresse verraten hatte. Die Vorwürfe hatten sofort eingesetzt, direkt nachdem sie aufgelegt hatte. Fieberhaft überlegte sie, was sie tun könne. Zum Polizeirevier? Nein. Sollte sie Hund und Haffmann antreffen, wäre das nur Wasser auf die Mühlen dieser beiden, und sie hätten eine Chance mehr, Karlo auf die Zehen zu treten. Das würde ihr Karlo nie verzeihen.

Dann fiel ihr Georg Gehring ein. Zumindest dessen Handynummer hatte sie in ihrem Mobiltelefon gespeichert.

Mit fliegenden Fingern tackerte sie sich durch ihre Kontakte. Kurz nachdem sie das Freizeichen vernommen hatte, schaltete sich die Mailbox ein.

So ein Mist!

–

Bei Gehring selbst lief auch nicht alles wie geplant. Er kam zu spät. Als er in der Peter-Bied-Straße ankam, konnte er nur noch mitansehen, wie Frau Dressler und ihr Mann zu einem Polizeiwagen geleitet wurden. Sie wurden auf die Rückbank gesetzt, die Türen klappten zu und der Wagen setzte sich in Bewegung. Hoffentlich brachte wenigstens Kölner etwas Brauchbares.

–

Die Fingerabdrücke auf dem Fläschchen aus der Handtasche der Ermordeten hatten Hauptkommissar Schönhals gereicht, um Frau Dressler zur Vernehmung abholen zu lassen. Dazu kam die Erkenntnis, zu der Keltermeister Jörg Stier der Polizei verholfen hatte: dass die seltenen Äpfel aus dem Garten der Dresslers stammten. Deshalb hatte man auch Gerhard Dressler vorgeladen.

Frau Dressler war außer sich gewesen, als man sie zum Polizeiwagen gebracht hatte. Als ihr Mann einen Anwalt anrufen wollte, war sie endgültig explodiert.

„Einen Anwalt?", hatte sie geschrien. „Einen Anwalt? Ich brauche keinen Anwalt. Ich habe nichts getan. Brauchst du etwa einen Anwalt?"

Dann war sie auf ihren Mann losgegangen und hatte tränenüberströmt mit den Fäusten auf seine Brust eingetrommelt. Zu Beginn der Vernehmung war sie etwas ruhiger geworden.

„Frau Dressler", begann Hauptkommissar Schönhals. „Was uns vorrangig interessiert: Man hat Sie gesehen, als Sie am Tag des Mordes den Friseursalon betreten haben. Sie hatten eine Handtasche dabei, die wir dann auch sichergestellt haben. In der Handtasche befand sich ein Fläschchen, auf dem wir Ihre Fingerabdrücke festgestellt haben."

„Das ist schnell erklärt. Und deshalb lassen Sie mich herbringen?", ereiferte sich Frau Dressler. „Ich habe meine Schwiegermutter zum Friseur gefahren."

Schönhals unterbrach sie. „Konnte sie nicht mit ihrem eigenen Wagen fahren?"

„Ihr Wagen ist in der Werkstatt. Wie so oft. Sie wollte ja kein neues Auto haben. Ist ein schöner Wagen, der Mercedes. Aber eben auch ein altes Ding. Das können Sie gerne überprüfen."

„Gut. Und weiter?"

„Ich habe sie an der Ecke Hostatostraße rausgelassen, weil die Antoniterstraße, wo sich der Salon befindet, eine Einbahnstraße ist", unterbrach Frau Dressler den Hauptkommissar genervt. „Zum Salon sind es von da keine fünfzig Meter. Beim Weiterfahren habe ich dann gemerkt, dass meine Schwiegermutter ihre Handtasche im Auto liegengelassen hatte. Da bin ich zurückgefahren und habe sie ihr gebracht."

Reichard schaltete sich ein und wandte sich an ihren Mann. „Herr Dressler. War Ihre Mutter in psychologischer Behandlung? Nahm sie Antidepressiva?"

„Wie kommen Sie denn darauf?"

Reichard erwähnte das Fläschchen, das sich in der Handtasche befunden hatte. Dressler gab sich überrascht.

„Keine Ahnung. Meine Mutter war schon immer sehr stimmungsabhängig. Himmelhoch jauchzend, zu Tode betrübt, wie man so schön sagt. Ich kenne das fast nicht anders. Nein, ich weiß es wirklich nicht. Wir hatten die letzte Zeit aber wenig miteinander zu tun. Vor allem seitdem sie mit diesem Walter zusammen war. Ich bin sicher, das ist ein ganz schräger Vogel." Er dachte nach. Dann kam er auf die Frage zurück. „Möglich wäre es, vielleicht. Aber das können Sie doch bestimmt herausfinden, oder?"

„Es muss für Ihre Mutter aber schon etwas mehr gewesen sein." Schönhals schielte lauernd zu Dressler. „Schließlich hat sie ihn geheiratet."

„Sie hat – was?" Dressler war sichtlich schockiert. Auch seine Frau hielt den Mund offen und schüttelte den Kopf. „Was soll das!", versetzte sie. „Das ist doch eine Komödie! Wollen Sie uns veräppeln?"

Reichard beschloss die Konfusion der Dresslers zu nutzen. Er überlegte angestrengt, wie er es formulieren sollte, dass Frau von der Schupflohe, ohne es zu wissen, mit ihrem eigenen Sohn verheiratet gewesen war. Und somit eben auch mit Gerhard Dresslers Bruder. Reichard hatte von Gehring erfahren, dass Frau Dressler bereits Bescheid wusste. Sie war es ja gewesen, die es herausgefunden hatte. Aber hatte sie auch von der Eheschließung erfahren? Die nächste Frage war: Hatte sie mit ihrem Mann darüber geredet? Unwahrscheinlich, befand er dann. Die Ehe war schließlich noch nicht angefochten worden, wie er sofort recherchiert hatte. Was Gerhard Dressler mit Sicherheit gemacht hätte.

Er wollte gerade anfangen zu reden, als das Telefon klingelte. Schnell hob er ab und lauschte. Als er auflegte, schaute er überrascht. Das war ja seltsam. Schönhals merkte, wie es in seinem Kollegen arbeitete. „Was gibt es denn? Was Neues?“

„Abführmittel“, presste Reichard heraus. Dann verkniff er sich das Grinsen.

„Abführmittel?“

„Ja, Chef. In den Äpfeln, Sie wissen schon, da hat das Labor ein starkes Abführmittel gefunden.“

Gerhard Dressler saß mit einem Mal kerzengerade auf seinem Stuhl und wurde knallrot im Gesicht. Er versuchte, unbeteiligt auszusehen, was ihm misslang. Reichard, der dies bemerkte, glaubte zu verstehen. Geistesgegenwärtig nutzte er die Situation.

„Sie, Herr Dressler?“

Das kräftige Rot auf Dresslers Gesicht wurde noch eine Spur dunkler.

„Das sollte doch nur ein Scherz sein. Ich dachte, ach, ich fand die Idee einfach nur lustig, wenn meine Mutter mit Walter ...“, druckste er herum. „Ich wusste, dass meine Mutter Äpfel immer als Symbol gesehen hat“, fuhr er dann fort. „Sie hat ja auch kein Geheimnis draus gemacht. Ich habe mir einfach vorgestellt, wie es wäre, wenn die beiden von den Äpfeln gegessen hätten, bevor sie ...“ Er ließ den Schluß offen. Reichard verstand nur zu gut, was die Absicht gewesen war. Nun konnte er das Grinsen nicht mehr zurückhalten. Schönhals indes guckte grimmig. Was Reichard ebenfalls verstand.

Erst schaute Beate Dressler ihren Mann fassungslos an. Dann begann sie zu reden. „Die Fingerabdrücke auf dem Fläschchen?“, nahm sie den Kommissaren die nächstliegende Frage ab. „Ganz einfach. Ich hatte es in der Hand. Schon in der Wohnung meiner Schwiegermutter hatte ich es angefasst. Ich wusste nicht, dass sie so etwas einnimmt. Als ich ihr die Tasche nachgetragen habe, hatte ich die Flasche noch einmal angefasst. Ich war einfach neugierig und habe einen Blick in ihre Handtasche geworfen. Gewundert hat mich allerdings, dass sie das Zeug mit sich herumtrug."

Reichard spürte, dass da noch mehr war. Er ahnte, was jetzt kam und beschloss kurzerhand, es Frau Dressler zu überlassen, ihren Mann über das verwandschaftliche Verhältnis zwischen Sarstedt und Frau von der Schupflohe in Kenntnis zu setzen. Als Beate Dressler unter Tränen ihren Bericht beendet hatte, war ihr Mann aschfahl geworden.

„Ich glaube, ich muss kotzen!", hatte er angewidert gesagt. „Einfach nur kotzen!" Dann hatte er das Handy herausgezogen und seinen Anwalt angerufen.

„Eine letzte Frage hätte ich noch", hatte Reichard sich an Beate Dressler gewandt. „War das Fläschchen voll oder leer, als Sie es in der Handtasche bemerkt hatten?"

„Es war fast voll. Warum ist das wichtig?"

Zwei Stunden später waren die Dresslers wieder zu Hause in Unterliederbach und versuchten, die Situation zu verstehen. Und vor allen Dingen zu verarbeiten.

Frankfurt-Höchst
Gotenstraße
Freitag, 18. Oktober

19

Karlo Kölner lehnte sein Fahrrad neben die Eingangstür. Er überlegte. Befand sich Sarstedt in der Wohnung? Möglich. Jetzt war wieder improvisieren gefragt. Er wollte es dieses Mal nicht verderben.

Karlo schaute noch einmal auf die Hausnummer, die Jeannette ihm genannt hatte. Die Haustür war im oberen Drittel mit einer Doppelverglasung versehen, eine dieser schrecklich modernen Eingangstüren, die modernes Design mit völliger Stillosigkeit verwechselten. Er drückte gegen den rautenförmigen Bügel an der Front der Tür, der einen Griff darstellen sollte. Es machte *klick* und sie öffnete sich. Karlo registrierte erstaunt, dass jemand das Verriegelungshebelchen nach unten gedrückt hatte. Er trat ein und ging nach oben. Im zweiten Stock angelangt, klingelten augenblicklich seine Alarmglocken. Die Wohnungstür war nur angelehnt!

Zugegeben, Kriminalfilme spiegelten nur in den seltensten Fällen den kriminalistischen Alltag wider, meist überstieg die Fiktion die nüchterne Ermittlungsarbeit der Polizei. Was jedoch in beinahe jedem „Tatort“ schauriger Fakt war, verursachte nun bei Karlo eine Gänsehaut: Fast immer, wenn ein Polizist oder Privatdetektiv vor einer nur angelehnten Tür stand, fand sich dahinter nur Augenblicke später eine Leiche. Er schauderte erneut. Was würde ihn erwarten? Er drückte vorsichtig gegen die Wohnungstür, und sie schwang lautlos auf. Behutsam setzte er einen Fuß hinter die Schwelle. Nichts knarrte, und er schob sich durch den Türrahmen. Er brachte die Tür zurück in die Ausgangslage und schaute sich um. Der Flur war bis auf einen Spiegel und eine kleine nüchterne Garderobe leer. Die Tür zur Küche stand offen. Karlo steckte den Kopf hinein. Auch hier herrschte, bis auf die Einbaumöbel, einen Tisch und zwei Stühle, völlige Leere. Das nächste Zimmer, der Größe nach das Wohnzimmer: leer.

Einen gewissen Kontrast zum Rest der Wohnung bot der letzte Raum, den er betrat. Das breite französische Bett war zerwühlt. Hier schien in der jüngsten Vergangenheit ein erheblicher Grad an Nutzung angefallen zu sein. Doch niemand befand sich hier. Nicht einmal eine Leiche. Fast war Karlo enttäuscht.

Er unterzog das Zimmer einer eingehenden Prüfung. Nichts. Karlo bewegte sich zurück zur Küche. Da, auf dem Tisch. Diese Papiere hatte er beim ersten Blick nicht bemerkt. Ein dicker Kugelschreiber mit dem Aufdruck eines Autohauses befand sich daneben. Er trat näher, neugierig geworden, und sah sich die links oben zusammengehefteten DIN-A4-Blätter an.

Karlo pfiff leise vor sich hin. Sieh mal einer an. Ein Kaufvertrag. Auf der letzten Seite entdeckte er über dem gedruckten Wort *Käufer* einen sehr bekannten Namen. *Jeannette Müller.* Der Verkäufer hatte noch nicht unterschrieben. Dann entdeckte er noch einen Quittungsblock. Er hatte unter dem Vertrag gelegen. *13.595,– Euro dankend erhalten*, las Karlo. Die Quittung war schon unterschrieben, immerhin.

Als er von der Straße her eine Autotür schlagen hörte, eilte er zum Fenster. Auf der gegenüberliegenden Seite stand plötzlich ein roter Sportwagen. Sarstedt, verflucht! Karlo sah ihm zu, wie er über die Straße rannte. Aus dem Auspuff des roten Mazda quollen Abgase. Der Motor lief also noch. Sarstedt schien es sehr eilig zu haben. Karlo spürte, wie ihm der Schweiß ausbrach. Hektisch schaute er um sich. Da geriet der überdimensionierte Kugelschreiber wieder in sein Blickfeld. Er griff sich das Schreibgerät, huschte in den Flur und platzierte sich hinter der Wohnungstür.

Er lauschte den Schritten, die im Treppenhaus näherkamen. Schließlich wurde die Tür aufgedrückt. Karlo wartete ab, bis sie wieder halb geschlossen war. Er sah den Rücken des Mannes und griff zu. Der linke Arm umfasste Sarstedts Hals mit eisernem Griff. Mit der rechten Hand drückte er den Kugelschreiber an den Hinterkopf des überraschten Neuankömmlings.

„Ganz ruhig. Keine Bewegung. Glaub mir: Ich drücke sofort ab."

Karlo spürte, wie Sarstedts Körper erstarrte. Gut so.

„Und jetzt ganz langsam in die Küche."

Sarstedt bewegte sich und Karlo zog seinen Griff fester. „Langsam, hab ich gesagt." Sekunden später standen sie vor dem Tisch.

„Die Papiere, los. Und ganz vorsichtig, keine Mätzchen. Ich sehe deine Hände."

„Welche Papiere?"

„Na, welche Papiere wohl, du Held. Wie viele hast du denn dabei?"

„Nur die von meinem Auto."

Karlo kicherte leise. „Schön. Die reichen mir voll und ganz."

Sarstedt gehorchte und zog eine Brieftasche aus seiner Gesäßtasche. Karlo drückte ihm ein Knie in den Rücken und verstärkte den Druck seines Arms.

Die Fahrzeugpapiere segelten auf den Tisch.

„Und jetzt unterschreiben."

„Unterschreiben?"

„Stell dich nicht noch dümmer, als du bist. Den Kaufvertrag da. Los, mach schon."

„Mit was denn?"

„Was?"

„Mit was soll ich unterschreiben?"

Nachdem er den Kugelschreiber auf den Tisch gelegt hatte, blieb Karlo eine kurze Galgenfrist. Sarstedt unterschrieb tatsächlich noch den Vertrag, bevor er begriff.

Danach lief nichts mehr wie von Karlo gedacht. Ansatzlos riss sich Sarstedt aus der Umklammerung, hob während der Drehung den Ellbogen und rammte ihn Karlo auf die Nase. Karlo schwankte, bekam drei, vier weitere Schläge gegen den Kopf, dann schwanden ihm die Sinne.

Frankfurt
Freitag, 18. Oktober

20

Der Motor des roten Sportwagens röhrte. Sein Getriebe schien direkt mit Karlos Kopf verbunden zu sein. Eigentlich hätte Karlo glücklich sein müssen. Denn neben ihm saß Jeannette am Steuer und gab kräftig Gas. Sie fuhr mitten durch die Stadt. Die Häuser rechts und links der Straße verwischten durch die Geschwindigkeit zu einer nebulösen Kulisse. Er schaute auf den Tacho. Einhundertsechzig Stundenkilometer. Sein Kopf schmerzte, und er bekam es mit der Angst zu tun.

„Willst du uns umbringen?", presste er gequält hervor. „Und stell dir vor, die blitzen dich. Dann ist dein Führerschein aber weg. Das kannst du glauben."

Jeannette kicherte und fing an zu singen. Auf die Melodie von *Jingle Bells.* „Führerschein, Führerschein, hörst du das Geläut?"

Dann ließ sie, kurz vor einer Kurve, das Lenkrad los und fuchtelte wild mit den Armen. „Schau doch mal zum Himmel. Ich will noch vor dem Wolkenbruch nach Hause. Das verdammte Verdeck klemmt."

Im selben Moment begann es zu regnen. Ach was, zu regnen. Wolkenbruchartig strömte das Wasser vom Himmel, der immer dunkler wurde. Schon nach Sekunden war Karlo völlig durchnässt. Eine Eiseskälte erfasste ihn, und es wurde dunkler und noch dunkler, bis die ganze Szenerie in ein undurchdringliches Schwarz getaucht war.

–

Als Karlo die Augen aufschlug, war ihm kalt. Sein Gesicht und sein Pullover waren klatschnass. Über ihm eine blendende Helligkeit, ein weißer Himmel, eine weißglühende Sonne.

„Ah! Wir sind wieder unter den Lebenden", hörte er eine vertraute Stimme. Es kostete ihn einige Mühe, die Augen offenzuhalten. Doch langsam, ganz langsam gewann alles wieder an Kontur. Der Nebel löste sich gemächlich in Wohlgefallen auf. Karlo erkannte eine nackte Glühbirne über sich an der Decke. Er streckte den linken Arm aus, fühlte etwas Weiches und drehte den Kopf.

Schlagartig wurde er wach. Da lag jemand neben ihm. Mit einem Ruck setzte er sich auf. In seinem Schädel arbeitete ein sadistischer kleiner Hobbit mit einem Bohrhammer. Als er mit gesenktem Kopf saß, erhöhte der Quälgeist die Drehzahl. Wie kam ein Hobbit zu solch einem gewaltigen Bohrhammer?

Als er den Kopf etwas anhob, schaute er auf ein paar hellbraune Schuhe. Sein Blick bahnte sich über zwei blaue Hosenbeine weiter nach oben. Diesen weinroten Pullover hatte er heute schon einmal gesehen. Oberhalb der Halsöffnung des roten Pullovers war der Kopf von Georg Gehring angebracht. Der Mund des Ex-Polizisten klappte auf und zu. Sprachähnliche Geräusche waberten in Karlos Gehörgänge.

„Na, da bin ich ja gerade im rechten Moment gekommen." Eine Hand streckte sich Karlo entgegen, er griff zu und ließ sich auf die Beine helfen.

Erneut schaute er nach links. Da lag Sarstedt. Auf dem Bauch. Die Hände auf dem Rücken gefesselt. Erstaunt schaute Karlo die silberglänzenden Handschellen an.

„Haben mir die Kollegen zum Abschied vermacht. Hätte nicht gedacht, dass ich sie so schnell gebrauchen könnte."

Mit schräg geneigtem Kopf musterte Gehring Karlo. „Sie nehmen mir die kalte Dusche doch nicht übel, die ich Ihnen verpasst habe. Ich dache schon, Sie werden gar nicht mehr wach. Soll ich einen Krankenwagen rufen?"

„Nein, nein! Bloß nicht! Ich muss los. Ich muss los." Er kniete sich neben Sarstedt, drehte ihn auf die Seite und griff in dessen Hosentasche. Triumphierend hielt er danach den Wagenschlüssel in die Höhe.

„Ich muss los", wiederholte er. „Jeannette soll so schnell wie möglich ihr neues Auto bekommen."

Gehring benötigte einen Moment. „Sie wollen doch nicht etwa ..."

„Natürlich will ich. Jeannette hat ja schon bezahlt. Hier sehen Sie nur, die Quittung. Haben nur noch die Papiere gefehlt. Und hier, der Kaufvertrag. Alles nach Recht und Gesetz. Kann ja sein, dass die Polizei noch eine Rechnung mit Sarstedt offen hat. Was mich jedoch betrifft: ich bin fertig mit ihm."

Gehring war nicht überzeugt. „Was ist mit dem Angriff auf Sie? Er hat Sie immerhin niedergeschlagen. Wer weiß, was er noch mit Ihnen gemacht hätte. Und der Betrug mit dem Auto?"

Karlo grinste müde. „Geschenkt. Immerhin hat er mich in seiner Wohnung erwischt. Er hat sich eigentlich nur gewehrt. Und der Betrug? Welcher Betrug? Nächste Woche kann Jeannette das Auto ummelden. Sarstedt wird wohl nicht widersprechen, glauben Sie nicht auch? Warum sollten wir deswegen ein Fass aufmachen?“

„Herr Kölner, Sie drehen wieder mal alles so hin, wie Sie es brauchen können.“

Karlo legte eine Hand auf Gehrings Schulter. „Ich sage nur, wie es ist. Außerdem – ich habe mich noch gar nicht bedankt. Ohne Sie hätte ich jetzt wohl schlechte Karten.“

„Möglich. Aber es wäre beinahe trotzdem schiefgegangen. Mein Handy hing am Ladegerät und war aus. Zum Glück habe ich es noch rechtzeitig eingeschaltet. Aber eigentlich sollten Sie Ihrer Freundin Jeannette danken. Die hat mir auf die Mailbox gesprochen und verraten, dass Sie nach dieser Adresse gefragt hatten.“ Gehring bemerkte plötzlich Karlos seltsamen Gesichtsausdruck. „Was gibt es denn noch?“

„Muss ich unbedingt hier sein, wenn die Polizei kommt? Sie haben Ihre Ex-Kollegen doch schon angerufen, oder?“

„Trauen Sie sich denn zu, Auto zu fahren? Was macht Ihr Kopf? Und außerdem, Karlo, ich werde Sie nicht raushalten können aus der Geschichte. Ich muss schon erzählen, wie es sich abgespielt hat.“

„Kein Problem. Ich habe ja nichts angestellt. Ich habe nur helfen wollen.“

„Dann hauen Sie schon ab.“

Als Karlo noch zögerte, schwante Gehring nichts Gutes.

„Was ist denn noch?“

„Sie fahren doch einen Kombi, Herr Gehring?“

„Warum fragen Sie? Das wissen Sie doch.“

„Na, ich bringe doch jetzt den Mazda zu Jeannette.“

„Und?“ Gehring verstand nicht.

„Der hat so einen kleinen Kofferraum.“

„Was hat das mit meinem Kombi zu tun?"

„Unten vor der Tür steht mein Fahrrad. Könnten Sie das vielleicht mitnehmen?"

„Jetzt hauen Sie aber ab, Kölner. Jetzt reicht's!"

„Danke, Herr Gehring. Ich bin schon fort."

Karlo hatte Gehring im Gehen noch hastig erklärt, er habe weder im Wohn- noch im Schlafzimmer etwas Verdächtiges gefunden. Die Sachen aus der Küche – sprich Quittung, Kaufvertrag und die Fahrzeugpapiere – waren wie beiläufig in seiner Jackentasche verschwunden.

Gehring hatte beschlossen, nichts gesehen zu haben. Er war kein Polizist mehr, und was würde eine gerichtliche Rangelei einbringen außer Ärger? Sarstedt würde sich eher die Hand abhacken, als sich zu beschweren. Karlo hatte recht: Das Auto war bezahlt. Und wurde heute der neuen Besitzerin übereignet. Warum also schlafende Hunde wecken?

Als Karlo schon auf der Treppe war, hatte ihm Gehring noch hinterhergerufen: „Und im Bad?"

Das Bad! Karlo wurde heiß, trotz seiner nassen Klamotten. Da hatte er doch glatt das Bad vergessen.

Als Gehring dann nachschaute, wurde er doch noch fündig. Eine Leiche war es zwar nicht, die er im Bad fand. Aber das verdächtige Fläschchen, das er, geschickt in einer Packung Slipeinlagen verborgen, entdeckte, enthielt Tomopiram. Das gleiche Gift, an dem Frau von der Schupflohe gestorben war, wie sich später herausstellen sollte. Diese Tatsache führte dazu, dass es einen Grund gab, Sarstedt für den Moment festzuhalten. Es gab allerdings keinen wirklich brauchbaren Hinweis darauf, wer dieses Gift dort versteckt hatte.

Frankfurt
Freitag, 18. Oktober

21

„Ich habe sie nicht vergiftet!"

Mehr war nicht aus ihm herauszubekommen. Sarstedt war eine harte Nuss. Ein direkter Bezug zu dem Giftfläschchen aus der Wohnung in der Gotenstraße war ihm nicht nachzuweisen. Auch war er dort nicht gemeldet. Die Tatsache, dass er über die Schlüssel verfügte, war ebenfalls nicht wirklich belastend.

Reichard wusste nicht, was er von Sarstedt halten sollte. Vordergründig schien er der harte Brocken zu sein, den er die ganze Zeit erfolgreich dargestellt hatte. Reichard glaubte aber auch noch etwas anderes zu spüren. Eine tiefe Verletztheit hinter der Fassade war wohl nicht ausgeschlossen.

An diesem Morgen aber war es dann soweit. Die Kommissare erfuhren, dass Sarstedt etwas zu sagen hatte.

Schönhals hatte sich zurückgelehnt, Reichard ging im Zimmer auf und ab wie ein Lehrer beim Diktat.

„Was wollten Sie uns sagen, Herr Sarstedt?"

„Beate Dressler hat mir alles verdorben."

Reichard runzelte die Stirn. „Was meinen Sie damit?"

„Irgendwann hat sie es gewusst. Ich meine, dass Eleonore meine Mutter ist. Und ich hatte keine Ahnung, dass *sie* das wusste. Ich war bloß ziemlich erstaunt, dass Eleonore plötzlich so abweisend und launisch war. Eine kleine Auszeit wollte sie. Und über alles nachdenken. Eigentlich hätte ich draufkommen können, was plötzlich mit ihr nicht stimmte. Ich hätte einfach hartnäckiger sein müssen. Aber ich hatte ja meinen Plan, und der wäre dann ins Wasser gefallen."

„Was ist eigentlich mit der Wohnung in Höchst?", unterbrach Kommissar Schönhals ungeschickt Sarstedts Ausführungen. Sarstedt schnaubte auf. Seine bisher nachdenkliche Rede wechselte jäh zu bloßer Häme.

„Die Wohnung in der Gotenstraße hatte Eleonore gekauft, um nicht mehr mit ihrem Sohn und seiner Frau in einem Haus wohnen zu müssen. Na ja, haupsächlich für uns", lachte er amüsiert. „Es gab ja immer wieder Streit. Sicher auch wegen mir. Aber jetzt kann ich Eleonores Launen nachvollziehen. Beate konnte die Klappe nicht halten. Sie hat es ihr natürlich brühwarm unter die Nase gerieben. Das muss Beate so richtig gut getan haben. Die beiden konnten mich sowieso nicht leiden."

„Die beiden?", fragte Schönhals sicherheitshalber.

„Na ja, Beate eben und ...", Sarstedt zögerte, ihm ging das Wort nicht leicht über die Lippen, „... mein Bruder. Der wusste es bestimmt auch nicht. Wie ich Beate einschätze, wollte sie erreichen, dass Eleonore es mir selbst sagt. Das hätte sie bestimmt gerne gehabt. Beate hat meine Mutter nicht besonders gemocht. Gelinde gesagt."

„Ja, und was haben Sie eben mit verdorben gemeint? Was hat Ihnen Frau Dressler verdorben?" Schönhals stand immer noch auf der Leitung.

Sarstedt sah ihn spöttisch an. „Machen Sie Ihren Beruf eigentlich gerne, Herr Hauptkommissar?"

Schönhals war auf diese Frage nicht gefasst gewesen. Er geriet etwas aus der Spur. „Ja, doch. Wieso?"

„Warum lernen Sie ihn dann nicht? Sie merken auch wirklich nichts. Das ist doch klar, oder? Ich hätte es ihr eben gerne *selbst* gesagt. Vor allen Dingen die Reaktion meiner Mutter hätte mich interessiert. Sie sollte keine ruhige Minute mehr haben. Ich wollte sie demütigen für alles, was Sie mir angetan hatte. Ich wollte sie leiden sehen. Glauben Sie denn, es war schön, in diesem verdammten Kinderheim? Es war die Hölle. Es stimmt jedes Wort. Alles, was über diese Heime erzählt wird, ist richtig. Nur damals hat es niemanden interessiert. Und heute ist es zu spät, um es wieder gutzumachen." Seine Miene veränderte sich, und er verzog das Gesicht zu einem bösen Lächeln. „Aber auf eins hatte ich mich wirklich gefreut: Auf den Moment, in dem ich ihr zum ersten Mal mit dem silbernen Medaillon um den Hals gegenübergetreten wäre. Und auf ihre Reaktion darauf. Leider hat das nicht mehr geklappt."

Schönhals wirkte entsetzt. „Das meinen Sie jetzt nicht ernst!", rief er ungläubig aus. „Sie haben es gewusst?"

„Was glauben Sie denn? Sind Sie wirklich dermaßen naiv?" Dann erkannte er die tatsächliche Frage hinter dem blanken Unverständnis von Hauptkommissar Schönhals und er lachte bitter auf. „Nein, Herr Kommissar, nein. Glauben Sie bloß nicht, mir hätte das Spaß gemacht."

„Das wäre ja auch noch schöner." Schönhals war fassungslos. „Und dann kamen Sie auf den Gedanken, sie zu vergiften."

„Ich habe sie nicht vergiftet."

Schönhals hatte das scheußliche Gefühl, nicht weitergekommen zu sein. Zu alldem spürte er auch noch ein Kratzen im Hals. Eine böse Grippe schien sich anzukündigen.

Oberrad
Freitagabend, 18. Oktober

22

Jeannette saß mit einer Wolldecke über den nackten Beinen auf ihrem blauen Sofa und schaute fern. Als die Türklingel ertönte, erschrak sie bis ins Mark.

Es war spät am Abend, und Besuch um diese Zeit bedeutete sicherlich überhaupt nichts Gutes. Sie malte sich die schlimmsten Ereignisse aus, während sie die Decke abschüttelte, zur Tür ging und den Hörer der Sprechanlage abnahm.

„Hallo?"

„Ich bin's. Kannst du mal runterkommen?" Karlo klang atemlos, aufgeregt. Jeannette hielt unwillkürlich die Luft an.

„Was ist denn los? Ist was passiert?", fragte sie mit banger Stimme. „Warum kommst du nicht einfach hoch?"

„Sag ich dir gleich. Jetzt komm schon runter."

„Na gut. Ich muss mir aber erst was anziehen."

Sie nahm ihre Jeans, die über der Sessellehne hing und schlüpfte hinein. Dann zog sie ein Paar Turnschuhe an, steckte den Wohnungsschlüssel in die Tasche und ging besorgt nach unten.

Bevor sie die letzte Treppenwende zur Haustür erreicht hatte, vernahm sie ein scharrendes Geräusch. Sie blieb stehen und lauschte. Ihre Angst nahm zu. Etwas Leichtes fiel mit einem metallischen Klickern zu Boden.

Da hörte sie den Schuss.

Sie stieß einen lauten Schrei aus. Eine verärgerte Stimme murmelte gedämpft: „Verdammte Scheiße!"

Klang nach Karlo.

Die Neugier siegte über ihre Angst, sie beugte sich über das Geländer und sah Karlo Kölner mit einer Sektflasche in der Hand vor dem Treppenaufgang stehen. Er hielt die Flasche weit von sich gestreckt, eine rötliche Flüssigkeit rann zu Boden, und Karlos Oberschenkel waren tropfnass.

Kopfschüttelnd ging sie weiter. Auf dem unteren Treppenabsatz stieß sie mit dem Fuß gegen einen Sektkorken, der daraufhin die letzten Stufen hinunterpurzelte und kurz vor Karlo liegenblieb.

Jeannette spürte Erleichterung. Trotzdem klang ihre Stimme vorwurfsvoll. „Na, du kannst einem vielleicht einen Schrecken einjagen." Dann deutete sie auf die Flasche. „Was gibt es denn Tolles zu feiern?"

Karlo beugte sich nach vorn. Auf der vorletzten Stufe standen zwei Gläser, die er mit der rötlichen Flüssigkeit befüllte. Er stellte die Flasche ab, nahm die Gläser und drückte eines davon Jeannette in die Hand.

„Der gute Apfelsekt. Hab ich extra noch besorgt. Der hat dir doch so gut geschmeckt."

Dann grinste er spitzbübisch. „Hast du am Montag früh was vor?"

„Wieso? Was ist denn am Montag?"

„Da hat die Zulassungsstelle wieder geöffnet."

„Was willst du denn auf der Zulassungsstelle?"

„Nicht ich. Du. Allerdings fahre ich gerne mit. Prost!"

Jeannette verstand nicht. Aber ein Gläschen Sekt konnte sie jetzt brauchen. „Prost!", gab sie zurück und nahm einen großen Schluck.

Sie setzte erneut an. „Jetzt sag schon, was ist eigentlich los?“

„Ich habe eine gute und eine schlechte Nachricht. Was willst du zuerst hören?“

Jeannette schluckte. „Die schlechte.“

„Okay. Dein Geld, um das du betrogen worden bist, das ist endgültig weg.“

Jeannette ließ die Schultern sinken. Toll!

„Und die gute?“

Karlo schaute bedeutungsvoll, öffnete die Haustür weit und hakte sie an der Wand ein. Mit einer ausladenden Geste wies er durch die Tür.

„Ta-ta-ta-taaa!“ imitierte er eine Fanfare. Sein Herz klopfte bis zum Hals, als er Jeannettes Gesicht sah. Sie stellte das Glas ab und huschte wie ein Blitz nach draußen.

Das rote Cabrio stand direkt vor der Tür.

„Wie hast du ... ich meine, was ...“ Jeannette fing an zu stammeln, bekam keinen kompletten Satz über die Lippen. Sie hatte eine Hand auf den Mund gepresst und sah ihren Freund mit großen Augen an.

Karlo lehnte sich lässig in den Türrahmen und nahm ein Schlückchen Sekt. „Kein Ding, wirklich nicht“, versicherte er. „War alles ganz easy. Für dich tu ich eben alles.“

Frankfurt
Mitte der darauffolgenden Woche

23

Der Gerichtsbeschluss kam gerade noch rechtzeitig. Hauptkommissar Schönhals hatte sich mit seiner Begründung weit aus dem Fenster gelehnt, und es hatte funktioniert: Reichard und er durften daher offiziell bei der Testamentseröffnung anwesend sein.

Das Notariat befand sich in der Friedrich-Ebert-Anlage, direkt gegenüber dem Messeturm. Schon seit langem hatte dieser Notar Frau von der Schupflohe in allen ihren Angelegenheiten vertreten.

Am heutigen Tag waren ins Notariat einbestellt: Gerhard Dressler und seine Frau Beate, der verlorene und wiedergefundene Sohn und Bruder Walter Sarstedt, Frau Annegret Horweiler, der Haarkünstler Belmund Habert, und, per Beschluss autorisiert, Kommissar Harald Reichard und Hauptkommissar Schönhals.

Belmund Habert war völlig überrascht, als er von dem Wunsch nach seiner Anwesenheit erfahren hatte. Er kam als letzter, fünf Minuten vor dem Termin.

„Sagen Sie“, hatte er Kommissar Reichard angesprochen, „haben Sie eine Ahnung, was ich hier soll? Ich habe ihr doch nur die Haare geschnitten.“

„Keine Ahnung. Ich weiß es nicht. Ich bin selbst gespannt, was nun kommt.“

Schönhals hatte gelauscht und tätschelte Belmondo nun die Schulter. „Ich glaube, es gibt hier noch mehr Leute, die das nicht wissen."

Wirklich interessant schien es zu werden, als der Notar einen versiegelten Umschlag öffnete, von dessen Existenz bisher nur er informiert war.

Harald Reichard registrierte einiges an Nervosität, als der Notar das Siegel brach und den Brief sorgsam auseinanderfaltete.

Die Stimme des Notars unterbrach das allgemeine Geflüster, das den Raum erfüllte. Nach einer kurzen Begrüßung begann er vorzulesen:

„An meine Verwandten, meine Freunde und nicht zuletzt an die Polizei."

Der Notar ließ eine Kunstpause.

„Da sieh mal einer an", dachte Kommissar Reichard und schaute seinen Kollegen vielsagend an. „Ob sie etwas geahnt hat?"

„Wenn dieser Brief geöffnet wird, werde ich Euch keine Fragen mehr beantworten können. Das wird voraussichtlich auch gar nicht mehr nötig sein. Das Meiste ist in der Zwischenzeit sicher bekannt geworden."

Aufgeregtes Stimmengemurmel erhob sich. Der Notar ermahnte die Anwesenden. „Bitte, meine Damen und Herren. Hören Sie sich doch erst einmal alles an." Sofort wurde es still.

„Als Erstes möchte ich mich bei meinem Sohn entschuldigen. Und zwar bei meinem ersten Sohn, Walter Sarstedt."

Sarstedt schlug die Hände vors Gesicht und beugte sich nach vorne. Der Notar bemerkte die Gefühlsregung und wartete, bis der Angesprochene wieder Aufmerksamkeit erkennen ließ.

„Lieber Walter, ich war wohl das, was viele Menschen als schamlos bezeichnen dürften, gerade was meine Jugend betrifft. Ich hätte es damals als freiheitsliebend bezeichnet, verstehe aber mittlerweile besser, was meine Mitmenschen an mir zu bemängeln hatten.

Das Schlimme aber ist: Ich habe Dich im Stich gelassen. Dadurch ist erst diese Schande möglich geworden, diese Schande, die ich so unendlich bedaure und nun nie wieder loswerden kann. Beate, meine Schwiegertochter hat mir die Augen geöffnet. Zuerst habe ich sie dafür gehasst, aber natürlich verstehe ich sie, sie hat alles richtig gemacht. Und ich nehme an, sie hat auch eine Menge Scherereien bekommen, dafür, dass sie hinter mir hergeschnüffelt hat. Aber vergessen und vergeben. Sie trägt keine Schuld – an was auch immer."

„Schmierenkomödie", zischte Beate Dressler, was ihr einen bösen Blick ihres Mannes einbrachte.

„Der Moment, das Ereignis oder der Auslöser, der dazu führt, dass dieser Brief vorgelesen werden muss, wird kommen. Davon bin ich überzeugt, weil ich selbst dafür sorgen werde. Und die Anwesenden sehen ja, dass ich Recht behalten habe.

Es ist dies der Moment, an dem ich die Schande nicht mehr ertrage. Was das letztendlich ausgelöst hat, kann ich Euch, aus verständlichen Gründen, nicht mehr mitteilen.

Was das Erbe betrifft, so muss niemand fürchten, dass er zu kurz kommt. Es ist wirklich genügend vorhanden, ich sterbe nicht als arme Frau. Die normale Erbfolge wird im Wesentlichen beibehalten werden, und ich möchte ausdrücklich darauf hinweisen, dass ich Anfechtungen gleich welcher Art nicht dulde. Nebenbei bemerkt, auch nicht erwarte.

Meinem verlorenen – und auf so tragische Weise wiedergefundenen – Sohn Walter (dem ich seinen Namen leider nicht selbst geben konnte) soll es wenigstens nach meinem Tod an nichts Materiellem mangeln. Er soll die Wohnung in der Gotenstraße erhalten, die ich für uns gekauft habe. Außerdem darf er über den roten Flitzer verfügen, den er von mir geschenkt bekam. Ich habe Walter wirklich geliebt, auch wenn es Euch lächerlich erscheinen mag und diese Liebe anders war, als die, die ich ihm tatsächlich hätte entgegenbringen müssen: nämlich uneingeschränkte Mutterliebe.

Meiner Freundin Gretel (Annegret Horweiler mit vollem Namen), der ich so viel Kummer bereitet habe, hinterlasse ich hunderttausend Euro in bar und möchte ihr versichern, dass ich mich damit nicht freikaufen will. Ich habe gesehen, dass es ihr finanziell nicht gut geht – vielleicht hilft das ein wenig.

Der letzte in der Reihe ist mein lieber Freund Belmondo (mit vollem Namen Belmund Habert). Es soll dafür gesorgt werden, dass er jeden Monat eine Kiste meines geliebten Apfelsektes geliefert bekommt, den er auch so gerne mochte. Den soll er mit seiner Frau trinken, der ich im Übrigen versichere: Belmondo hat sich mir gegenüber immer wie ein Ehrenmann verhalten.

Nun ist es an der Zeit, adieu zu sagen. Ich bitte Euch noch einmal alle um Verzeihung,

Marie-Eleonore von der Schupflohe"

Erregtes Stimmengewirr erhob sich sofort.

„Sie hat sich selbst umgebracht ... unglaublich ... was sagt man dazu ... so eine Überraschung ... gleich gewusst ... nein, daran glaube ich nicht ... nur Walter daran schuld ... hunderttausend ... doch anfechten ..."

Nach einer kurzen Schlussbelehrung fanden sich die Beteiligten im Hof der Kanzlei wieder, wo sich die Parkplätze befanden.

Völlig aufgelöst erschien Belmondo plötzlich vor den Kommissaren. Reichard reagierte verwirrt, als der Friseur sich selbst bezichtigte: „Ich bin schuld an ihrem Tod. Wäre ich bloß ein wenig freundlicher zu ihr gewesen. Sie war plötzlich so traurig. Und ich habe sie einfach allein sitzen lassen."

„Was meinen Sie denn?"

Habert berichtete stockend über die Szene, während der er sich von Frau von der Schupflohes Avancen überfordert gefühlt hatte, und wie er dann seine Frau gebeten hatte, sich um die alte Dame zu kümmern.

Reichard atmete durch und wirkte erleichtert. „*Das* meinen Sie. Nein, Herr Habert. Sie haben am allerwenigsten Schuld daran. Sie müssen sich keinerlei Vorwürfe machen, wirklich nicht. Und Sie konnten damals nicht ahnen, was alles geschehen war in der Familie der Toten. Das konnte keiner ahnen."

Belmondo wirkte nicht vollständig überzeugt, wurde aber ruhiger und verabschiedete sich von den Polizisten.

Er hatte sich gerade abwenden wollen, da bemerkte er, wie Reichard zusammenzuckte. Sarstedt hatte sich von der Seite den Polizisten unbemerkt genähert und sie angesprochen. „Jetzt haben Sie es gehört, meine Herren", tönte es arrogant. „Sie haben mich zu Unrecht beschuldigt. Und festgehalten."

Sarstedt hatte die Hände lässig in die Hosentaschen gesteckt und musterte die Beamten provozierend. Schönhals wurde wütend. Mühsam beherrscht fixierte er den Sohn der

Toten. Dann brach es aus ihm heraus. „Herr Sarstedt. Unabhängig davon, was Ihnen passiert ist – es ist klar, dass Sie im Stich gelassen wurden, dass Sie viel mitgemacht haben – muss ich Ihnen sagen, dass Sie unverantwortlich gehandelt und auch gegen Gesetze verstoßen haben. Darüber wird noch zu reden sein, dafür sorge ich, verlassen Sie sich drauf. Ihre Mutter mag sich selbst vergiftet haben, aber der eigentlich wirklich Schuldige an ihrem Tod sind Sie. Und nur Sie. Sie können sich gratulieren. Sie haben Ihr Ziel erreicht!"

Niemand der Anwesenden bemerkte den kurzen Blick, den Sarstedt in diesem Moment mit Beate Dressler wechselte. Er nahm die Hände aus seinen Hosentaschen, fuhr sich mit der Rechten durch die Haare, sah die Kommissare mit kaltem Blick an und sagte:

„Beweisen Sie's."

– Ende –

Auf ein Wort:

Um dem Zufall, der schon im Vorwort einen Platz gefunden hat, so wenig Einfluss wie möglich zu gestatten, habe ich mich auch bei der Arbeit am vorliegenden Band dem Wissen meiner Freunde und nicht zuletzt dem Rat einiger Fachleute bedient. Ohne sie wäre die spezielle Logik des vorliegenden Falles im Strudel dieses Zufalls ertrunken.

Deshalb bedanke ich mich bei Herrn Ulrich Kubina und seinem Pomologen-Verein, Herrn Nussbaum, ebenfalls Apfel-Experte, Jörg Stier, dessen Apfelsekt mich in den Rausch absurder krimineller Ideen führte, und der jetzt lesen kann, was er davon hat, Frau Lioba Vogler vom Standesamt Hofbieber, Herrn Professor Ernst Mutschler und Herrn Dr. Thomas Riegel bezüglich der Pharmakologie und Toxikologie.

Nicht zuletzt danke ich auch Herrn Kriminaldirektor Fred Bauer, der mir viele wertvolle Hinweise gegeben hat und ohne den Karlo bestimmt viele noch dümmere Sachen angestellt hätte. Letztendlich stellte Herr Bauer mit einem lachenden und einem weinenden Auge fest, dass er – auch als erfahrener Polizist – nicht alles verhindern konnte, was Karlo Kölner im Laufe seiner Fälle so widerfährt.

Dem höllischen Zufall des Druckfehlerteufels hat mein Freund Reiner erneut den Kampf angesagt und mit Erfolg die Stirn geboten.

Kein Zufall mehr ist das kompetente Mitwirken meiner netten Lektorin Stefanie Reimann, ohne die Karlo Kölner nicht mehr auskommen mag. Verraten Sie das aber bitte nicht Jeannette.

Dass ich meine Freundin Silvia vor vielen Jahren kennengelernt habe, verdanke ich, wie das Meiste in meinem Leben, dem Zufall. Dass sie die ganzen Jahre trotz meiner nervtötenden Art während der heißen Phase des Schreibens meine Freundin blieb und mich sogar tatkräftig unterstützte, verdanke ich ihr selbst.

Ach ja: Natürlich ist die ganze vorliegende Geschichte von vorne bis hinten reine Erfindung. Das Gleiche gilt auch für alle mitwirkenden Personen.

Sollten Ähnlichkeiten oder Gleichheiten, egal welcher Art, zu entdecken sein, schreiben Sie das bitte einfach der Wirkung des Stier'schen Apfelsektes zu.

Der Autor

* *Der Name „Tomopiram" ist frei erfunden. Auf Empfehlung einer meiner beratenden Fachleute möchte ich den wirklichen Namen des Mittels nicht nennen, da es sich immer noch in gewissen Mengen im Besitz einiger ehemaliger Anwender befindet und wirklich gefährlich ist. Und wir wollen doch niemand auf böse Gedanken bringen, oder?*

Mehr Krimis von Peter Ripper:

Karlo Kölners erster Fall:

Karlo und der letzte Schnitt

Es hätte alles so schön sein können. Karlo Kölner hat seine Gefängnisstrafe abgesessen, ein paar gute Freunde stehen ihm zur Seite. Da wird er von seinem Freund Kuhl gesehen, wie er sich über eine tote Frau beugt. Ermordet mit einer Sense, die Karlo tags zuvor noch in der Hand hatte. Als Karlo dann auch noch verschwindet, glaubt kaum noch jemand an seine Unschuld ...

ISBN: 978-3-9812188-0-0 · Taschenbuch, 197 Seiten · 9,95 Euro

Karlo Kölners zweiter Fall:

Karlo und der zweite Koffer

Der Diebstahl einiger wertvoller Oldtimer, ein schwerer Autounfall, ein verführerischer Koffer, ein toter junger Mann am Mainufer – was hat das alles miteinander zu tun? Oder ist alles nur Zufall? Und Karlo Kölner steckt wieder mittendrin. Trotz aller guten Vorsätze!

ISBN: 978-3-9812188-2-4 · Taschenbuch, 208 Seiten · 9,95 Euro

Karlo Kölners dritter Fall:

Karlo und der grüne Drache

Kaum hat Karlo Kölner, Ex-Knacki und Privatdetektiv in eigener Sache, endlich eine richtige Wohnung bezogen, stolpert er auch schon über eine Leiche. Ein übler Bursche aus Karlos Vergangenheit taucht auf und der schwarze Kater Diogenes verschwindet spurlos.

ISBN: 978-3-9812188-4-8 · Taschenbuch, 204 Seiten · 9,95 Euro

Karlo Kölners vierter Fall:

Karlo und das große Geld

Ein Bankraub vor sieben Jahren, ein entwendeter Leichenwagen und ein Toter neben dem Geldversteck beschäftigen Hauptkommissar Georg Gehring. Plötzlich verschwindet seine Frau. Wurde sie entführt? Karlo Kölner übernimmt einen heiklen Auftrag und gerät in eine böse Klemme.

ISBN: 978-3-9812188-4-8 · Taschenbuch, 208 Seiten · 9,95 Euro